ラルーナ文庫

JN129612

スイーツ王の溺愛にゃんこ

鹿能リコ

三交社

CONTENTS

Illustration

小路龍流

スイーツ王の溺愛にゃんこ

本作品はフィクションです。
実際の人物・団体・事件などにはいっさい関係ありません。

東京の臨海部にほど近い下町のエリアを、古閑孝博《こがたかひろ》は友人で秘書の関谷《せきや》と、同じく友人で広告代理店勤務のサラリーマンの宇都宮《うつのみや》と三人で歩いていた。

古閑は、外国の食品を輸入・販売する会社の社長だ。

このところは商材の宣伝もかねて、日本では珍しい外国のスイーツや果物、軽食を楽しめるカフェ・アバンダンティアを展開し、こちらも経営は順調だ。

年齢は三十歳になったばかりで、顔立ちはなかなか整っている。百八十二センチの長身で、手足のバランスもよい。

性格は穏やかで朗らか、人当たりもいい。そして、目力が強い。

満腹時の大型肉食獣といえばいいのか。のんびりしていても、いざという時は、俊敏な動きで獲物を狩り、敵を倒すであろう。そういう印象を他人に与える。

夏至を過ぎたばかりという季節柄、六時を過ぎても、外はまだ明るい。

「寿司秀の寿司は久しぶりだ。楽しみだな」

古閑が小声でひとりごちると、関谷が苦笑し、宇都宮がうんざりした顔で口を開いた。

「いくら楽しみだからって、わざわざ三十分も歩いて食べに行くか!?　せめて最寄り駅まで地下鉄で行けばいいものを……」

いかにも業界人です、という宇都宮にとって、タクシーも使わず長時間、徒歩で移動するのは、常識外れと言いたげだった。

「せっかく美味《うま》い寿司を食うんだ。腹をすかせないと、もったいない」

食べることに関しては、人一倍執着する古閑が、きっぱりと返した。

「と、いうことだ。諦《あきら》めるんだな、宇都宮。古閑は、言い出したら聞かないから」

いかにもインテリです、という容貌《ようぼう》の関谷が宇都宮に声をかける。

「わかってるって。いったい、俺たち、何年のつきあいだと思ってるんだよ」

「俺たち全員が同じクラスになったのは、高校二年の時だから……ざっと、十二年だな」

三人の中では一番、几帳面《きちょうめん》な関谷が、宇都宮のぼやきに律儀に答える。

「その後、三年になっても同じクラスで、学部は違うが同じ大学に進学して、社会人になったと思ったら、元同級生だからって、古閑の会社の担当にされてもう二年、か……。いい加減、腐れ縁どころの騒ぎじゃないな」

「俺は、自分から進んで古閑の秘書になったから、腐れ縁などと思っていない」

「関谷が一流商社に辞表を出して、古閑の秘書になったと聞いた時は、本当に驚いた。おまえが古閑に心酔してるのはわかっちゃいたが、人生を棒にふるほどだったのかって」

「人生を棒にふってなんかいない。ちゃんと考えて、決めたことだ」

さっぱりとした顔で関谷が答える。

ふたりのやりとりを聞きながら、古閑が、俺たちは高校生の時から、ちっともかわらない、と、内心でつぶやいた。

当時の古閑は、年に似合わず落ち着いて、ひとりで行動することの多い少年であった。とはいえ、文化祭などのイベントには協力的で、成績も上位グループの下の方、運動神経も悪くない。高校生なのにひとり暮らしということもあいまって、クラスでは一目置かれた存在であった。

その古閑に何かと話しかけてきて、いつも一緒にいたのが、代議士の次男という生まれで、真面目《まじめ》すぎて融通のきかない優等生の関谷であった。

そして、普段は別の――いわゆるリア充グループ――に属しているにもかかわらず、古閑と関谷がつるんでいると、ちょっかいをかけてきたのが宇都宮、という構図だ。

関谷と宇都宮が、やいのやいのとやりとりをし、古閑は聞き役に回る。

そういうところも、まるでかわっていない。

なんにせよ、友人というのはいいものだ。

関谷も宇都宮も、俺がずっと落ち込んでいるから、元気づけようとして、夕食につきあってくれるんだしな。

今から、三ヶ月前、古閑は飼い猫を亡くしていた。

母を三歳で亡くし、父とは絶縁状態で、恋人もいらないと公言している古閑にとって、飼い猫は、唯一絶対の家族であった。

白地に淡いミルクティー色の体色と綺麗《きれい》なブルーの瞳《ひとみ》をした美人猫だ。甘えん坊で、抱っこされるのが大好きだった。

体色からとって、名前はチャイ。

自動車にひかれ、足に怪我《けが》をして道路にうずくまっていたチャイを、たまたまインド旅行から自宅へ帰る途中の古閑が見つけたのだ。

その時、古閑の目に、チャイは真珠の母貝のような、ミルク色をベースに七色の光沢が浮かぶ、不思議な光に包まれて見えた。

どうにも見捨てることができず、古閑は、動物病院に連れて行こうとチャイを抱きあげた。その瞬間、古閑は、チャイをとても愛《いと》しく感じた。

この猫と、離れたくない。離れることなど、できない。そう、当時の古閑は思った。

そして、それまで、世界を旅していた古閑が、チャイと過ごすため、放浪をやめた。

それほどまでに古閑はチャイをかわいがっていたし、チャイもまた古閑にとても懐いていて、ふたりは相思相愛だったのだ。

そのチャイがガンで死に、古閑は深刻なペットロスに陥っていた。

新しいペットを飼わないか、という意見もあったが、古閑は頑《かたく》なに拒否した。

チャイは、特別な存在だった。

名を呼べば返ってくる鳴き声も、毛並みの柔らかな手触りも、じっと古閑を見つめる愛に満ちた大きな瞳も、すべてが唯一無二だったから。

チャイが死に、古閑は、心にぽっかり穴が空いてしまい、いつも悲しさに襲われていた。

もちろん、それを表に出すようなことはないが、それでも関谷は、元気のない古閑を心配していた。

少しでも気晴らしになればと、宇都宮を誘って、ここ三ヶ月、ちょくちょく三人で会う席をセッティングしている。

宇都宮もその辺の事情を察しているからこそ、会社から寿司屋に直行せずに、こうして古閑につきあって、文句を言いつつ歩道を歩いているのだ。

友情を感じ、微笑《ほほえ》む古閑の耳に、爽《さわ》やかな声が聞こえてきた。

「それでは、お先に失礼します」

若い男の声だ。柔らかくて、涼やかで心地良い。その声が、古閑の心の何かに触れた。

吸い寄せられるように、古閑は声のした方へ顔を向ける。

古閑から二十メートルほど後方の雑居ビルの前に、その声の持ち主はいた。

カットソーにベージュのチノパン姿の青年は、百七十センチに少し欠けるくらいの身長の、遠目にもわかる愛らしい顔立ちをしている。

その青年は、チャイと同じ、ミルク色をベースにふんわりと七色の光沢が浮き出た、あの、不思議な光に包まれていたのだ。

その光を見た瞬間、古閑は走り出していた。

あの子を、絶対に捕まえなければ。使命に似た感覚が、古閑を駆り立てる。

古閑の進行方向とは逆、地下鉄の出入り口に向かって青年は歩いてゆく。

「――君、名前は？」

背後から青年の肩を摑《つか》み、古閑が、切羽詰まった声で尋ねる。

「え？　あ、……高嶺《たかみね》です。高嶺、幸希《こうき》」

「そうか。幸希ね。良い名前だ」

「どうも。……ありがとうございます」

間近で見ると、幸希は青年というより少年のようであった。

見知らぬ人に声をかけられ、おっかなびっくりというふうに目を見開く姿が、まるで驚いた猫のようだった。

なにより、幸希の肩から伝わる温《ぬく》もりが、チャイに似ていた。いや、正確には、チャイを触っている時のように、古閑の肌が反応したのだ。

ずっと、触っていたい。この温もりを胸に抱きたい。古閑は、そう強く欲望した。

決して性欲からではない。

ただ、愛しいのだ。全身全霊で、この存在を慈しみたいと、それだけを願ってしまう。

「俺は、古閑孝博という。……君、俺のペットにならないか？」

古閑が欲望をそのまま口にすると、幸希が息を呑《の》み、棒立ちになった。

「あ、あの……。すみません、失礼します！」

幸希は泣きそうな顔で言うと、ぴょこんと頭をさげ、その場から脱兎《だっと》の如《ごと》く逃げ出した。

「待ってくれ！　俺には、君が必要なんだ!!」

急いで古閑が後を追うが、幸希は意外に俊足であった。

すいすいと通行人をかわして走る幸希を追いながら、古閑が叫ぶ。

「誤解しないでくれ。俺は君を、抱き締めたいだけなんだ！」

「え、遠慮します!!」

古閑の呼びかけに、幸希が即答した。

そして、幸希が脇道《わきみち》に入る。古閑が小路に着いた時には、完全に幸希を見失っていた。

失望と落胆のあまり、古閑が縁石を蹴《け》りつけた。

手のひらには、まだほんのり幸希の温もりが残っている。

その温もりを失って、悲しみと切なさが、どうしようもなく込みあげる。

会いたい。幸希を手に入れたい。そう、古閑は憑《つ》かれたように欲していた。

「……おい、古閑。いったい、どうしたんだ？」

ようやく古閑に追いついた関谷が、怪訝《けげん》そうに尋ねる。

「いや、その……。あの男の子……高嶺幸希っていうんだが……あの子をペットにしたくて声をかけたら、逃げられた」

「ペット？　人間に？　いきなりそんなことを言われたら、誰《だれ》だって驚く。せめて、友人になりたい、と誘わないと。ペットになってくれと頼むのは、その後だ」

大真面目な顔で、関谷が親友の間違いを正す。

決して、ペットにするという考えを咎《とが》めたのではなく、やり方が稚拙だと指摘したあたり、関谷は、相当、古閑に甘い。

「そうか。そうだな……。焦りすぎて、失敗した」

古閑がその場にしゃがみ込み、頭を抱える。

「あの子は、チャイなんだ。チャイと同じオーラだった。もちろん生まれ変わりじゃないが……それくらい、俺にとって愛しい存在になると、見た瞬間、わかったんだ」

「チャイと同じくらい？」

「あぁ。……あの子を抱き締めて、髪を撫《な》でたい。仕事が終わって帰宅して、あの子が家で待ってたら、それだけできっと、俺は幸せになれる」

ほぼ初対面。しかも、わずかしか言葉を交わしていないというのに、古閑はそこまで確信していた。

「まるで、ひとめぼれでもしたみたいだな。……わかった。探そうじゃないか。その、高嶺を。おまえが元気になるなら、俺も、協力は惜しまない」

「本当か!?」

「あぁ。父の人脈を使えば、難しくもないだろう」

「よろしく頼む！」

古関が腰を直角にして関谷に頭をさげる。そこに、宇都宮がやってきた。

「関谷だけじゃなくて、俺も協力できるかもしれないぜ。あの子が挨拶《あいさつ》してた奴を捕まえて、ちょっと話を聞いてきた。名前とだいたいの住んでる場所もわかったよ」

得意げな宇都宮の言葉に、古関の表情がぱぁっと明るくなった。

「本当か？　さすがは宇都宮だ。仕事が早い」

「大事なクライアント様のためだしなぁ。できる営業と呼んでいいぞ」

「よっ！　できる営業」

「この短時間で、そこまで聞き出すとは、さすがはできる営業だ」

古関と関谷が口々に褒めると、宇都宮が得意げにスマホの画面を古関に突き出した。

「ほら。おまえと高嶺のツーショットだ。転送してやるから、ちょっと待ってろ」

「……ありがとう！　あぁ……やっぱりかわいいな。この、ちょっと驚いた顔が、チャイに似てないか？」

愛猫家が仔猫《こねこ》動画を見る時と同じ表情で、古関が、画面の中の幸希を見つめる。

「この写真だけで、飯が食えそうだ」

「夜のおかずの間違いだろう？」

宇都宮が茶化すと、古閑が真剣な顔で首を左右にふった。

「そういう下心はない。おまえ、猫とセックスするか？　考えたことさえないだろう？

俺はただ、彼をひたすら愛《め》でて、かわいがりたいだけだ。疚《やま》しい感情は、一切ない」

「何を言ってるんだ。かわいいと感じるってことは、キスやセックスをしたいってことだろう？　あの子なら、男でも一回くらいならいいかなって思う顔だったし」

宇都宮は、三人の中で唯一の妻帯者で、かつ、高校時代から恋人がいなかった時がない、という恋愛強者だ。

その宇都宮からすれば、ただひたすら愛でたい、かわいがり倒したいという古閑の欲望は、理解の範疇《はんちゅう》外のようだった。

「……俺は、恋人はいらない。セックス抜きで愛玩《あいがん》できれば、それでいい」

喋《しゃべ》りながらも古閑の視線は、画面の幸希に釘《くぎ》づけだった。

見返りなど求めない。浴びるほどの愛を注いで、心身ともに満ち足りて、幸せにしたい。古閑は、チャイが幸せそうに目を細め、膝《ひざ》の上で丸まり、その背を撫でるだけで、幸福だった。

幸希は、古閑にとってそういう対象だった。いや、そうなると、確信していた。

うっとりとまなざしを注ぎながら、古閑は、絶対に幸希を愛玩すると、あの満ち足りた時間を再び取り戻すと、堅く心に誓ったのであった。


「なんだったんだ、あれは……」

地下鉄の出入り口に逃げ込み、車両に乗った幸希が、呆然《ぼうぜん》としてつぶやいた。

上手く撒《ま》けたようで、古閑と名乗った奇妙な男は、幸希の視界に見当たらない。

あぁ、もう、ついてない。あんな奴に絡まれるなんて。

そんな言葉が、幸希の心に滴り落ちる。

「ついてないことばっかりだ。本当に、僕って名前負けしてるよなぁ……」

悲しげな目をして幸希がドアのガラスに視線を向ける。ガラスが鏡となって、疲れ切った幸希の顔を映した。

幸希は、自分の名前が嫌いだった。

完全に、名前負けしている。というのが、その理由だ。

幸希の人生を省みると、小学六年生——十一歳——の時に、母・静佳《しずか》の浮気が発覚し、その後、激しい夫婦喧嘩《げんか》の末、両親は離婚していた。

幸希は、母親に似た愛らしい顔立ちをしている。けれども、その母親似の顔のせいで父の勲《いさお》は、離婚時に、幸希との面会を拒否した。

『浮気した母親そっくりな息子の顔など、見たくもない』という理由で。

養育費目当ての母親に引き取られたものの、母の浮気相手が幸希に暴力を振るうようになり、見かねた母方の祖父母が幸希を引き取った。

祖父の正道《まさみち》は、娘の慰謝料を払うため、そして幸希を育てるために、老後の蓄えを吐き出し、自宅を売却した。

それでも、祖父母と三人での生活は、贅沢《ぜいたく》はできないけれど、幸せだったと幸希は思う。

幸希が高校生となり、祖母が脳梗塞《のうこうそく》で入院した。

すでに定年退職していた正道が入院費を稼ぐために働いた。母の静佳は実母の介護を拒否したため、幸希が高校に通いながら、家事や見舞いを一手に引き受けた。

そして大学入試の頃に祖母が亡くなると、今度は、心労がたたって正道が病気がちになってしまった。

祖父も体調の良い時は家事をしたり、軽作業の仕事に就いたりしていたが、基本的には幸希が家事をし、学費と生活費を稼ぐためのバイトに明け暮れた学生生活であった。

なんとか就職が決まって、さあ、これからという時になり、正道が倒れ、長期の入院となった。幸希が、祖父のため就職を辞退し、看病しつつ時間の融通がきくバイトをし、家事をこなすうちに、一年が過ぎていた。

「……いつまでも、こんな顔してちゃ駄目だ。お祖父《じい》ちゃんが心配しちゃう」

幸希が落ち着きを取り戻し、自然な笑顔を浮かべられるようになった頃、電車が幸希のアパートの最寄り駅に到着した。

東京都内でも、民度が高いとはいえない地域であるが、最近になって駅前の再開発がはじまった。商店街の一画が取り壊され、新しいビルが建ったのも、その一環だ。

一階にはこのところテレビや雑誌、ネットでもよく紹介されるカフェ・アバンダンティアがテナントに入ることが決まっていた。

幸希も祖父と一緒に、ここで話題のデザートを一度は食べてみたいと思っている。

足早に商店街を抜け、駅から徒歩二十六分の築三十年を超えるアパートに到着した。

小さな玄関を入ると、すぐが台所だ。

幸希が靴を脱ぐ間にも、ふわりと味噌汁《みそしる》のいい匂《にお》いが漂ってくる。

「ただいま。……お祖父ちゃん、夕食の支度してくれたんだ。ありがとう」

幸希が靴を脱いで台所にあがり、手を洗う。この部屋に、洗面所はない。台所は六畳ほどで、脱衣所のない風呂場とトイレ、そして六畳の和室につながっている。

変だな。お祖父ちゃんが『お帰り』って言わないなんて。

いぶかしみつつ、幸希が和室に続く襖《ふすま》を開けると、祖父の正道が、ちゃぶ台の陰に横たわっていた。正道は背を丸め、苦しげにうめき声をあげている。

「お祖父ちゃん、大丈夫？」

幸希が慌てて正道のもとに駆け寄った。

正道は、幸希に答える余裕もないようだった。

年より十も二十も老けて見えるその顔には、苦悶《くもん》の表情が浮かんでいる。

こんなに苦しそうなのは、前に、入院した時だけだ。

「待ってて、今、救急車を呼ぶから」

幸希が慌てて鞄《かばん》から携帯電話――ガラケー――を取り出して救急車を呼んだ。

幸希は正道につきそって救急車に乗り、最寄り駅の反対側にある病院へ行った。

医師の診断では、命に別状はないが、一週間の入院が必要とのことであった。

入院に必要なもののメモを取り、バイト先の上司に、明日は遅刻すると連絡を入れ、それから小一時間歩いて自宅に帰る。

正道の命に別状がないとわかって一安心したのもつかの間のことで、今度は、入院にかかる費用が、重く幸希の肩にのしかかっていた。

今の幸希にとって家族は祖父しかいないのだ。母親は頼りにならず、おまけにひとりっこで、こんな時に幸希が頼りにできる親戚《しんせき》もいない。

祖父の無事に感謝しつつも、幸希の心は重い。

お祖父ちゃんも年だし、これから、こういうことが何度も起こるだろうな。バイトも……できれば一週間、早退か遅出を許してもらいたいんだけど……。明日遅刻するって連絡しただけで、嫌味を言われちゃったから、言い出しづらいな。

もちろん、幸希は祖父が倒れて入院したと説明した。

しかし、間の悪いことに、今のバイトは、はじめたばかりで日も浅い。

いずれ契約社員、そして正社員にも、という条件のバイトだったけど……どうなっちゃうんだろう……。

食欲もなくなり、幸希は家に着くとすぐに布団に潜り込んだ。

しかし、不安が嵩《こう》じて目が冴《さ》え、とても寝られそうにない。

シンと静まり返ったアパートで、つい、祖父が亡くなった後のことを考えてしまう。

僕は、……お父さんに顔も見たくないと言われて、お母さんには、いらない子と言われて捨てられた。

こんな僕でも、大事な孫だと言って、たくさん愛情をかけてくれたのはお祖父ちゃんとお祖母《ばあ》ちゃんで……。お祖母ちゃんが亡くなったのに、お祖父ちゃんまでいなくなったら、いったい、これから、誰が僕のことを好きだと言ってくれるのだろう。

小学生の頃はまだ良かった。すごく仲の良い友達もいた。

だけど、中学にあがって……神奈川からここに越してきた後は、うまく、友達も作れなかった。

高校生になってお祖母ちゃんが倒れてからは、家のことをしなきゃいけなかったから放課後や休日の誘いを断るたび、なかよくなりかけたクラスメートをがっかりさせるのが辛《つら》くて、僕の方から距離を置くようになってしまった。

もっと、要領良くやれれば良かったんだろうけど、どうしたら、良かったんだろう？

恋愛も……女の子がみんな、お母さんと同じじゃないとわかってる。でも、いつか裏切られるんだろうなぁと思ってしまって、つきあうこと自体が、怖い。

……そうじゃない。両親にさえいらないと言われた僕なんかを、本気で好きになる人なんていないに決まってる。

だから、お祖父ちゃんが死んでしまったら、僕は、一生ひとりぼっちだ。

心の中でつぶやくと、まぶたがじんわりと熱くなってきた。

いつも隣で聞こえた祖父の寝息が聞こえない。

幸希が笑顔を浮かべる理由がない。泣いても、誰も心配しないのだ。

気分が浮上するきっかけを持てぬまま、幸希は浅い眠りについていた。

目覚ましが鳴るまで、何度も目覚め、お世辞にも熟睡したとは言いがたい。

二度寝したかったが、気力をふり絞って起きあがる。顔を洗って身支度をして、昨晩、祖父が作ってくれた夕食を食べる。

祖母の綾子《あやこ》が存命だった頃、正道は脱いだ靴下を洗濯籠《かご》に入れさえしなかった。それを、綾子が倒れてから、幸希とふたりで家事を覚えたのだ。

正道は、未《いま》だに料理は得意ではない。それでも、食材を買いに行って、帰宅した幸希が出来立てを食べられるよう、食事を作ってくれる。

「……美味《おい》しい。僕のために、お祖父ちゃん、体が辛いのに、無理してくれたんだ……。僕が頼りないから、無理させちゃったんだ……」

もっと頑張って、もっと強くならないと。お祖父ちゃんを支えられるくらい。

そう自分に言い聞かせると、幸希は、九時五分前に病院に到着するよう家を出た。

途中、ATMで貯金をおろし、残額にため息をつく。

祖父の年金は、上場企業に定年まで勤めていたため、決して悪くない。

しかし、今後も入院すると思うと、お金はいくらあっても足りないと感じる。

「これから、どうなっちゃうのかなぁ……」

歩きながらも、どうしよう、という言葉が頭にこびりついて離れない。

病院に到着し、入院の手続きを済ませ、幸希は正道の病室に向かった。

「お祖父ちゃん、おはよう。具合はどう?」

六人部屋の左手奥の窓際が正道のベッドであった。薄いグリーンのカーテンを開け、幸希が小声で話しかける。

「幸希、来てくれたのか。おまえに、また、迷惑をかけてしまったなぁ……」

正道は点滴を受けながら横になっていた。孫の姿を見て嬉《うれ》しそうに笑ったが、すぐに申し訳なさそうな表情になる。

「迷惑なんかじゃないよ。家族なんだし、大変な時は、助け合うものでしょ。そうだ。昨日は夕ご飯、作ってくれてありがとう。すごく、美味しかったよ。あと、入院に必要なものを持ってきた。去年入院した時のスリッパは、捨てちゃったから、新しいのをこれから駅前で買ってくる。不便だろうけど、ちょっとの間、我慢してね」

動けない正道にかわって、幸希がタオル類や着替えを床頭台にしまってゆく。

「本当にすまないなぁ。……仕事の方は、どうなった？」

「午前中だけ、お休みにしてもらった。今日くらい、つきそいしたいんだけど……」

「そこまで、おまえに迷惑をかけるわけにはいかないさ。俺は俺できちんとやるから、気にせず、仕事に行きなさい」

そうはいっても、正道の顔色は優れず、痛みがあるのか、わずかに眉《まゆ》を寄せている。

こんな時、幸希は、どうすればいいのかわからなくなってしまう。

祖父の言葉に従った方がいいのか。それとも、バイトを休んで面会時間が終わるまで、つきそっていた方がいいのか。

「とにかく、お祖父ちゃんは治すことに専念して。僕のことは心配しないで。心配ってストレスだから、治りが遅くなっちゃうよ」

「そうだなぁ。入院中は、のんびり過ごすことにしようか。……そろそろ、買い物に行った方がいいんじゃないか？　バイトに遅刻してはまずいだろう」

　後ろ髪を引かれつつ、幸希は病室を出て、駅前に向かった。

　開店したばかりのドラッグストアで履き心地の良さそうなスリッパを購入する。

　店を出たところで、携帯が鳴った。バイト先の上司の名前が表示されている。

「はい、高嶺です」

『あぁ、高嶺君か。お祖父さんの容態はどうだい？』

「おかげさまで、昨日より、随分と良くなりました」

『それは良かった。……だがね、確か去年も入院したというじゃないか。バイトとはいえ、フルタイムの仕事だしね。いずれ契約社員にも……という条件だからこそ、たびたび休んでもらっては困るんだよ。人手がほしいから、うちは君を雇ったわけだしね』

「……すみません。でも、お休みするのは、今日の午前中だけで、明日からは定時で出社します。もう、ご迷惑は、おかけしません」

『今回はね。でも、次はいつ倒れるかわからない。そのたびに、仕事を休まれたら、こっちも困るんだ。試用期間はもうじき終わるし、今日からもう来なくていいよ』

「それは……クビ、ということでしょうか……」

　尋ねる声が震えた。いっきに全身から血の気が引いて、指先まで冷たくなる。

『クビじゃないよ。契約を更新しないだけだ。私物は、後で取りに来てくれ。給料は……』

上司の声が、遠くに聞こえた。

「はい」と、機械的に答えながらも、幸希は不安でぐらぐらと揺れていた。

どうしよう……。お祖父ちゃんが入院して、これからお金がかかるっていうのに、仕事をクビになっちゃうなんて……。

落ち込んでちゃ駄目だ。バイトは契約終了だけど、お祖父ちゃんのお見舞いに毎日行けるってことだし、悪いことばっかりじゃない。

「だけど……お祖父ちゃんにまた、心配……ううん、がっかりさせちゃうのかな……」

通話を終えた途端、胃がぎゅっと縮まって、息をするのも苦しくなる。

かといって、正道に気落ちした顔を見せるわけにもいかなかった。病室に戻るまでに、笑顔になっていなければ。

そう決意して歩き出すと、ウェイトレス姿の女の子から、チラシを渡された。

「明後日《あさって》、開店です。クーポン券をどうぞ」

かわいらしい声に誘われて、顔をあげる。アバンダンティアの看板が目に入った。

そうか。ここ、明後日に開店なんだ……。

幸希がぼんやりとそんなことを考えていると、「あっ！」と、大きな声がして、後ろから腕を掴まれた。

幸希がふり返ると、昨日、幸希に『ペットにならないか?』と、声をかけてきた男――古閑――が、幸希の腕を掴んでいた。

「昨日の、変態!」

驚きのあまり、幸希が大声を出す。

しかし、古閑は、まったく頓着《とんちゃく》したふうもなく、満面の笑みを幸希に向けた。

「どうしてここに? まさか、僕の後をつけたんですか?」

「違う。今日、ここで会ったのは偶然だ。ここには仕事で来ていてね。……しかし、昨日の今日で会えるなんて、やはり運命がふたりを結びつけているんだな」

妄言を吐く間も、古閑は、昨日の轍《てつ》は踏まないとばかりに、幸希の腕を掴んでいた。

「高嶺君、立ち話もなんだし、美味しいデザートでも食べながら話をしようじゃないか。高嶺君は、甘いものは好きかい?」

「……好きです」

「じゃあ決まりだ」

そう言うと、古閑は幸希の腕を掴んだまま歩き出す。

「いえ、ちょっと……僕、用事がありますから」

「五分でいいんだ。それに、ちょっとしたバイトを君に頼みたい」

「バイト……ですか……」

古閑の言葉に、幸希の胸が騒いだ。

たった今、仕事を失ったばかりの幸希にとって、新しい仕事の誘いは、魅力的だった。

古閑が入ったのは、先ほど、チラシを貰《もら》ったカフェだ。

「この店って、明後日、開店じゃないですか？」

「俺は、このカフェチェーンの社長なんだ。だから、遠慮はいらない」

「チェーン店の……社長……？」

幸希が驚きに目を瞠《みは》った。

古閑の言葉は嘘《うそ》ではないようで、オープン前の店内に入っても、咎める者は誰もいない。

そうして、幸希は窓際の一番奥、四人がけのテーブル席に連れて行かれた。

幸希が窓際の奥の席に座ると、当然という顔で古閑が隣に座る。

そこへ、ベストにタイをした男性――店長――が、やってきた。

「店長、悪いね。知り合いに会ったから、ここでちょっと話をさせてもらうよ。今、出せるデザートを頼む。高嶺君、飲み物は何にする？」

オープン前のトレーニング中なのか、店内にはウェイターやウェイトレス姿の男女が十人以上いた。その全員のまなざしが、ふたりに注がれている。

注目されるのが苦手な幸希は、小さくなりながら、小声で答えた。

「……水でいいです」

「遠慮しないで、好きなものを頼みなさい」

「じゃあ、古閑さんと同じもので……」

「では、ホットのコーヒーをふたつ」

柔らかではあるが強引な古閑の言葉に、店長がカウンターに向かって歩き出した。すぐに、ウェイトレスがやってきて、ふたりの前に水の入ったグラスとおしぼりを置く。

緊張していた幸希は、グラスに手を伸ばす。水は、ミントとレモンが入っているのか、涼やかでさっぱりして、とても美味しかった。

水を飲む幸希の姿を、古閑は嬉しそうに見ている。

どうして、こんな顔をするんだろう。……なんだか、居心地が悪い。

古閑の視線が気まずくて、幸希はうつむいたまま口を閉ざす。

「……なんだか、昨日より元気がないね。何かあったのかい？」

古閑の問いかけに、幸希が息を呑んだ。

僕は、何も言ってないのに……どうして、この人にはわかったんだ？　もしかして、初対面の人が見てもわかるくらい、僕は、暗い顔をしてたんだろうか？

「何か困ったことがあるんじゃないか？　俺で良ければ、力になろう」

話の水を向けられて、どうしよう、と幸希が迷いはじめる。

知らない人に相談なんて……。でも、知らない人だからこそ相談できることもある。祖父が入院し、幸希は心細くなっていた。誰かに話を聞いてもらいたかった。

バイトもクビになっちゃって、時間もあるんだし……。お祖父ちゃんのところへ戻るのが、ちょっとくらい遅れても、問題ないんだ。

そう自分に言い訳すると、幸希は覚悟を決め、大きく息を吸った。

「実は……」と、前置きしてから、昨夜自宅に帰ってからの出来事を、簡単な背景とともに説明した。古閑は、合いの手を入れつつも、基本的に黙って幸希の話を聞いていた。

そうして、話が終わり、古閑が口を開いた。

「大変だったね。たったひとりのご家族が入院されたんだ。いくら命に別状がないといっても心配で、不安で、しょうがなかったろう？」

古閑の温かい労《いたわ》りの言葉に、幸希の目頭が熱くなった。

何も問題は解決していなくとも、少しだけ、肩の荷がおりた気がした。

「高嶺君は、現在、お祖父さんのお見舞い以外に予定はない……ということでいいかな？」

「はい」

「では、俺が君に仕事を紹介しよう。期間は、高嶺君のお祖父さんが退院するまで。報酬は、お祖父さんの入院にともなう一切の費用にプラスして、十万でどうだ？」

破格すぎるほどに破格な条件を提示されて、幸希が目を大きく見開く。

「それですと、たぶん、一週間で二十万以上になりますけど……」

「問題ない」

日給で三万円以上のバイトだ。幸希にできることで、そこまで高額な報酬の仕事は、ひとつしか思い浮かばない。売春だ。

昨日、古閑が自分をペットにしたいと言っていたことが、予想をより強固にする。もしそうだったら、どうしよう。いや、どうしようじゃなくて、断らなきゃ。

「バイトというのは、僕に、あなたのペットになれ、ということですか?」

「よくわかったね」

「昨日、古閑さんがそう言ってましたから」

硬い声で答えながら、幸希は、どうやってこの場から逃げようかと考えた。

しまった……! 右が壁で左に古閑さんが座ってるから、逃げられない!

古閑が正面ではなく、隣に座った理由を、ようやく幸希が理解した。

昨日と同じミスはしない古閑の強《したた》かさに、幸希が愕然《がくぜん》とする。

どう誤魔化《ごまか》して席を立とうか考えるうちに、ウェイトレスがやってきた。

幸希と古閑の前にコーヒーカップを置き、続いてタルトやケーキの皿を並べてゆく。

輪切りのレモンで表面を飾られたタルトが、特に美味しそうだった。

すごく美味しそうだけど、これを食べちゃうと、バイトの話を断りづらくなりそうだし……。やめておこう。

「バイトの内容について説明しよう。君には、一週間、俺の家に泊まってほしい。日中は自由に行動していいよ。ただし、俺が帰ったら『お帰りなさい』と言って必ず出迎えること。俺が自宅にいる時は、君も自宅にいること。それ以外は何も望まない。むしろ、自分の家だと思って、のんびりくつろいでいてほしい」

古閑さんの出迎えをして、家にいるだけでいい？

あまりにも呑気《のんき》すぎるバイトの条件に、幸希は拍子抜けしてしまう。

「まさか、それだけで日給三万円だなんて……。嘘ですよね？」

「嘘じゃない。ペットっていうのは、そういうものだからね。そりゃあ、撫でたりできれば、もっといいけど……基本的には、そこにいてくれるだけでいいんだ」

「それじゃ、本当にただのペットじゃないですか」

「だから、俺は、最初から君にペットになってほしいと言ってるだろう？」

なんだろう。会話が、嚙《か》み合わない。

いや、この場合、古閑さんが正しくて僕が間違っているんだろうか？

「じゃあ、古閑さんは……犬や猫を飼うのと同じように、ただ、僕がいればいいんですか？　それ以外の、下心は一切なしで？」

「そうだよ。俺は、君に仕事としてセックスの相手をしてほしければ、そうもちかける。わざわざペットになれなんて、回りくどい言い方はしない」

セックスという生々しい言葉に、幸希が赤面してしまう。

頬《ほお》の熱を持てあましながら、幸希は、古閑の申し出を、真剣に検討しはじめた。

この話が本当なら、願ってもないバイトだ。天佑って言いたくなるくらいの。

嘘か本当か……わからないけど……。とにかく、僕には、この話を受ける以外に、道はない。でも、ひとつ、納得できないことがある。

「どうして、僕なんですか？　ペットがほしいなら、本物の動物を、人間にそばにいてほしいなら、女の人とか……他にもっと、ふさわしい人がいると思うんですが」

「君じゃなきゃ、駄目なんだ」

古閑が、熱っぽい声で即答する。

その答えが、幸希の胸に突き刺さった。

お父さんもお母さんも、僕をいらないと言ったのに……。この人は、僕がいいと、僕がほしいと言ってくれるのか。

そう思った瞬間、幸希の心臓が、喜びで震えた。

バイトを解雇されたばかり、しかも、元々誰かに必要とされたいという欲求の強い幸希にとって、その言葉は、慈雨のように心を潤す。

どうしよう。すごく、嬉しい。嬉しくて、泣いちゃいそうだ。

鼻の奥がツンとして、慌てて幸希は手の甲でまぶたをぬぐった。

「わかりました。そのバイト、お引き受けします」

「では、今日からお願いしよう。今から君の家に、一週間分の着替えを取りに行こうか」

「その前に病院に行かせてください。お祖父ちゃんにスリッパを届けないと」

「では、今から高嶺君は病院に行って、用事を済ませるといい。その間に、俺は仕事を済ませておく。そうだ！　お祖父さんのお見舞いに、うちの商品を持っていかないか？」

「すみません、入院中の祖父は、食事制限があって……」

「それは残念。では、お見舞いは花にしようか。店長、一番近い花屋はどこだい？」

「確か、駅ビルの一階に入っていましたね」

「誰か人をやって、お見舞い用のフラワーアレンジメントを買ってきてもらえないか？」

古閑は精力的なタイプなのか、どんどん話を進めてゆく。

正道への見舞いの手配を済ませると、今度は幸希に目を向けた。

「高嶺君の連絡先を教えてほしい。それに、ＳＮＳで友達申請をしてもいいかい？」

「電話番号とメアドなら。僕、ガラケーなんで、ＳＮＳは……」

幸希がズボンのポケットから携帯を取り出し、古閑と番号を交換する。

その際に、古閑の待ち受けが、自分と古閑の画像なことに、幸希は気づいた。

「いつの間に……！」

「昨日、友人が撮影してくれたんだ。気を悪くしたのなら削除する。かわりに、新しく君の写真を撮ってもいいかい？」

ぐい、と古閑が幸希に顔を近づける。

その時、初めて幸希は、古閑が結構な男前であることに気づいた。

いきなりペットになれと勧誘する変人という印象が強すぎて、どんな顔かまで、幸希は今まで、きちんと認識していなかったのだ。

この人……。すごく、ハンサムなんだ……。

同性といえども、整った顔が間近に迫ると、幸希はドキドキしてしまう。

「新しい写真って……それ、待ち受けにする……んですか？」

「もちろん。できれば、とびきりの笑顔がいいね」

「あの、どうせ飾るなら、奥さんとかお子さんとか、恋人の写真にしたらどうですか？」

「俺は独身。こどもはいない。恋人もいない」

だからって、僕の写真を飾るのも、違うと思うんだけど……。

いや、ペットだからいいのかな？　でも、犬や猫ならともかく……二十歳《はたち》過ぎの男の写真を待ち受けにして、ペットって言い張るのは、常識としておかしいよねぇ。

いっそ、愛人や変態趣味でそういう相手をペットと言う方が、正真正銘、正しい意味で成年男性をペットにするより、まだ、まともな気がする。

幸希が混乱している間に、古閑はスマホで電話をかけていた。

「今日の予定は全部キャンセルでよろしく。………駄目だって？　でも、昨日のあの子が見つかって、一週間一緒に過ごせることになったんだ。そういうわけで、俺は、午後からは休暇をとって、心おきなくペットをかわいがる。……わかってる。明日はちゃんと出社する。でも、残業はしない。定時に退社だ。パーティーも講座も、会合も、その間は全部キャンセルしてくれ」

はきはきと古閑が通話する間に、ウェイター姿のこざっぱりした青年が、爽やかなグリーンのバラをメインにしたアレンジメントの入った透明の手提げ袋を持ってやってきた。

古閑が、アレンジメントを幸希に渡した。

「お祖父様に、お大事に、と、お伝えください」

「ありがとうございます。僕は、これでいったん失礼します」

「お見舞いが済んだら、俺に連絡を。病院まで迎えに行きたいんだが……」

「仕事が終わってないようでしたら、僕は、自宅に戻って荷物の準備をしています」

「そうしてくれると助かる。本当は、仕事なんか放り出して、君と一緒にいたいんだがねえ」

まるで、熱烈な愛の言葉のようなぼやきに、幸希の顔が真っ赤になる。

買い物袋と、アレンジメントの入った手提げ袋を手に、幸希が早足で店を出た。正道の病室に戻り、スリッパとアレンジメントを渡した。

豪華なアレンジメントに、正道が目を丸くする。

「こんな立派な花、どうしたんだ？」

「新しいバイト先の社長が、お祖父ちゃんにって。今のバイトは、契約終了が決まったんだけど、たまたま知り合った人が、短期で時給がいいバイトを紹介してくれたんだ」

「そんな偶然、あるのか？　とても信じられんなぁ」

「本当だよ。お祖父ちゃんのお見舞いも、毎日していいって。その仕事っていうのが、夕方から朝までで、拘束時間が長いんだけどね」

「そんなに旨《うま》い話があるとは……。もしかして、危険な仕事じゃないか？」

「そんなことないよ！　ない……と、思う……。説明を聞いた限りでは……」

古閑の言葉が真実ならば、危険など、まるでない。

嘘だった場合、もしかしたら、僕はレイプとか……内臓を売り飛ばされちゃうとか……そういうことがあるかもしれないけど……。

でも、僕は、『君じゃなきゃ、駄目なんだ』って言った古閑さんを、信じたい。

「その人は、古閑さんっていう駅前にできるカフェチェーンの社長さんなんだ。だから、……たぶん、信用していいと思う」

「そんなすごい人と知り合ったのか！」

「すごく変わった人だよ。今まで、会ったことがないタイプ」

「個人で一から事業をはじめる人は、そういうものだ。一風変わってて、クセがある」

長いこと、営業として働いていた正道には、心当たりがあるようだった。

古関の話題でひとしきり盛りあがった後、幸希は自宅へ向かった。

病院を出ると、携帯の電源を入れ、古関に電話をかけた。

「……もしもし、高嶺です。これから自宅に向かいます」

『了解した。君の自宅に迎えに行こう』

通話を終えると、幸希は早足で歩き出した。急いで自宅に戻ると、アパートの前で古関が待っていた。

「このまま、五分、いえ、十分、待っててください。急いで支度します」

古関をその場に待たせて幸希が家に入る。押し入れから大型のスポーツバッグを取り出して、下着や着替えを詰め込みはじめた。

最後に、仏壇に手を合わせ、しばらく留守にすると祖母に報告してから家を出る。

古関の自家用車は、半ば予想していたが、左ハンドルの外車であった。

車の前で立ちすくむ幸希の背中を、古関が軽く押す。

幸希がぎこちなく助手席に座ってシートベルトをつけた。

高級車の助手席と思うだけで、落ち着かなくなる。

いや、違う。古閑と密室でふたりきりという状況に、気まずさを覚えたのだ。

こういう時に、上手いこと喋れればいいんだけど、僕は気が利かないし……。下手なことを喋って、古閑さんが気を悪くしたらどうしよう。

うつむきながら幸希が気を揉《も》んでいるうちに、車が軽やかに走り出した。

「高嶺君。これから一週間、君と過ごすわけだけど、君のことを幸希と呼ぶからね」

「えっ！　あ、はい。普通、ペットを苗字《みょうじ》で君づけはしないですよね」

「理解が早くて助かるよ」

「これから……古閑さんの家に行くんですよね」

「そうだよ。その前に、どこかで昼食を済ませるか……。幸希は、腹は減ってないか」

覚悟はしていたものの、名前を呼ばれて、幸希の肩が跳ねあがる。

学生の頃は高嶺って苗字で呼ばれてたから、お祖父ちゃん以外の人から名前で呼ばれると……なんだか、変な感じがする。

もぞもぞして落ち着かない。けれども、嬉しい気もする。

なにより、古閑の幸希と呼ぶ声が甘く、優しく、それが耳に心地良いのだ。

「お腹は……、あまりすいてないです。それよりも、どうして、古閑さんは僕をペットにしたいと思ったんですか？　僕じゃなきゃ駄目って、どうしてそう思ったんですか？」

「幸希は、オーラとか、信じる方?」

突然、古閑が話をかえた。急な問いに、幸希は目を瞬《しばた》かせた。

「僕は見えないけど……。そういうのはあるかもしれない、と思います」

「じゃあ、話そうか。俺は、オーラとか、たまに、見えるんだよ。いつもじゃなくて……何かの拍子に、突然。一度見えたものは、その後もたいていわかる。中途半端な能力だ」

「すごいですね。産まれつきですか?」

「いや。インドに旅行した時、たまたま高僧が説法しているところを通りかかってね。高僧に呼ばれて、額に手で触れられたんだ。その時は何もなかったけど、日本に帰国して、自宅に戻る途中、怪我した猫を見かけた。その猫が光って見えたのが、最初だよ。後になって調べたら、ヨガの高僧は、触るだけで他人の能力を目覚めさせることができるらしい。まあ、はっきりとそうだ、とは言えないけど、それ以外、原因に心当たりがなくてね」

「不思議なことがあるんですねぇ……」

「本当に。どこでどんな縁があるものか、わからないものだ。幸希と出会って、翌日に再会できたし、俺の人生には、そういうミラクルが、よくあるんだよ」

「古閑さんって、いかにも強運って感じがしますよね」

僕とは正反対だな、と幸希が心の中でつぶやいた。

特別な力、それに強運。どちらも、僕には、無縁のことだ。

「強運だと思うよ。困った時や弱った時には、絶妙のタイミングで助けが入る。つまり、逆説的には、それだけ困ったことも起こる人生なんだけど」

「……古閑さんでも、困ったり弱ったりすることってあるんですね」

「そりゃあるさ。実は、昨日まで、かなり弱ってた」

信号が赤になり、車が停まった。古閑が幸希の方を向いて苦笑する。

その笑顔は、とてもあけっぴろげで、まるで幸希が長い時を過ごした友人であるかのように、親しみに溢《あふ》れていた。

「……話を戻そうか。俺は、初めてオーラを見た猫を飼うことにした。ミルクティー色の毛並みだったから、名前はチャイ。そのチャイが三ヶ月前に死んで……。それ以来、少々、落ち込んでいたんだ」

そこで、古閑が口を閉ざした。チャイの不在を強く意識したのか、古閑の眉が悲しげに寄せられる。

あぁ、わかる。と、幸希が心の中でつぶやいた。

とても愛していた人――たとえそれがペットであっても――を亡くすということは、そういうことだ。

愛しい者に触れられない。温もりを感じられないし、声も聞けない。

そんな悲しみが、見えない――たくさんの――シャボン玉となって、体の周囲を漂う。

歩いたり立ったり座ったり、何かの拍子に見えないシャボン玉に触れてそれが弾《はじ》けると、中に閉じ込められていた悲しみが、胸を襲う。

そんな幻想を抱いてしまうくらい、悲しみが、とても身近になる。

僕も……お祖母ちゃんが亡くなったばかりの頃は、そうだった。

ふいに悲しくなって泣かなくなったのは、いつだったっけ……。悲しみを味わいつくして、受け入れて、ようやく、悲しみと距離をおけるようになったんだ。

溢れる同情と共感に、幸希はそっと古閑の肩に触れた。

幸希から古閑に触れるのは、初めてだ。古閑が驚いたように、目を見開く。

「幸希。……君は、俺の気持ちがわかるのかい？」

「今の古閑さんの顔を見たら、誰だって、わかります」

幸希の答えに、古閑が顔を背けた。信号が、青にかわって車が発進する。

「……そんなわけで、俺はペットロスに陥って、落ち込んでいたんだが……。昨日、君を見かけた時、君のオーラが見えたんだ」

「僕、自分のオーラって知らないんです。どういう感じですか？」

「説明が難しいなぁ。……白地に虹が浮かんでいるような……乳白色のオパールみたいな……。とにかく、綺麗なオーラだよ」

「綺麗って言われると、照れますね」

古閑の語る自分のオーラをイメージできないが、綺麗と言われれば、単純に嬉しい。

「実は、チャイが君と同じオーラだったんだ。昨日、君のオーラを見た瞬間、俺は、君を追いかけていた」

「僕が死んだ飼い猫と同じオーラだったから、古閑さんは、声をかけたんですか」

そうか。僕は、死んだ猫のかわりなのか。

古閑さんが気に入ってるのは、僕じゃない。僕に、愛猫を重ねているだけなんだ。

僕じゃなきゃ駄目だっていうのは……本当だ。だけど、あの言葉は、僕自身に向けられたものじゃない。そんなの、当たり前だけど、どうしてこんなに、悲しいんだろう。

一瞬で、それだけ考えた。

幸希は、それまで胸にあった柔らかくて綺麗な何かが、ぺちゃんこに踏みつけられた気分だった。

「だから、古閑さんは、僕をペットにしたいんですね……」

「そうだよ。……もしかして、気を悪くしたかな?」

「いいえ。どうして、そう思うんですか?」

気を悪くなんてしていない。僕はただ、がっかりしただけだ。

「幸希のオーラが、小さくなった。キラキラも減って……寂しい感じがする」

「そうですか……。気にしないでください」

僕を気に入ってもらえなくて悲しかったと、幸希は言えなかった。

「猫扱いされるのは、不愉快かい？」

「いいえ。むしろ、ちゃんと猫のかわりをしないと、と思いました」

「そんなに気負うことはないよ。幸希が、ただ、幸希のまま、自由にふる舞ってくれることが、俺からのオーダーなんだから」

「はい……」

幸希は上の空でうなずいた。

条件通り、古閑さんは、本気で僕をペット扱いしたいだけなんだ。セックスとか……そういうのは、なしってわかって良かったけど、それはそれで、気が重い。

「あの……古閑さん、僕、猫耳とかつけた方がいいですか？」

大真面目に尋ねると、古閑が吹き出した。

「猫耳！　幸希は、コスプレ趣味があるのか？」

「いいえ。でも、どうせなら、猫に近い方が古閑さんが喜ぶかも、と、思ったんです」

「いっそのこと、首輪を買うか。そうしたら、幸希は一生、俺の飼い猫だ」

「お断りします！」

笑いながらさされた提案を、幸希が慌てて断る。

「残念だなぁ。本気だったのに。……さて、そろそろうちに到着だ」

古関の住居は、いわゆるタワーマンションで、目の前に緑豊かな公園が広がり、二十四時間スーパーも入った商業施設が目と鼻の先という、快適な立地であった。

間取りは2LDKSで主寝室と付属のウォークインクローゼット、ゲストルーム、リビングダイニングルームとなっている。

リビングダイニングルームは広く、それだけで、幸希のアパートの部屋が、まるごと納まってしまいそうであった。

「……すごいところに住んでるんですね……」

「関谷──俺の秘書で、高校と大学の同級生──が、見つけてきたんだ。俺は、住めるならどこでもいいと言ったんだが、ここなら、スーツをクリーニングに出したい時に、二十四時間受けつけてくれるサービスがあるからって」

「スーツのクリーニング……ですか？」

「前に、皺《しわ》だらけのスーツで商談に行こうとして、叱《しか》られた。このレジデンスは、ホテルと提携していて、食事やクリーニングは、ホテルの宿泊客と同じサービスが受けられるんだ。プロのホテルマンがアイロンがけしたものなら、安心だから、と。……さて、飲み物を用意するから、ソファに座って待っててくれ」

笑いながら、古関がキッチンに入ってゆく。

「僕も手伝います」

「幸希はペットなんだから、手伝いなんてしなくていいんだよ」

祖母が倒れてから、率先して家事を引き受けてきた幸希は、多少の居心地の悪さを覚えながらも、ゆったりしたふたりがけのソファに座った。

ソファから右手にあたる壁には、小型のチェストや飾り戸棚があり、ところ狭しと写真立てが並んでいた。

写っているのは、すべて同じ。淡い茶色の、かわいらしい猫だ。

これが、チャイか……。僕は、この猫の代理をしなくちゃいけないわけだ。

ラグにコの字になって寝るのは、さすがにハードルが高いなぁ……。猫なんて飼ったことないし、飼い主に心を許した猫が、どんな反応をするか、見当もつかない。

「前途多難……」と、つぶやいて、幸希は首を巡らした。

目の前の大きな窓からは、公園が一望できる。

緑が綺麗だなぁ……。こんなにたくさんの木を見たのは、いつぶりだろう。

手持ち無沙汰《ぶさた》のあまり、クッションを抱えて、幸希は緑を見ていた。

初めての場所であったが、古閑の家は、居心地が良い。昨日はほとんど眠っていないこともあり、幸希が眠気に襲われる。

あぁ……まずい。寝たら、古閑さんに失礼だ……。

そう頭では理解していたが、睡魔には勝てず、幸希はいつの間にか健やかな寝息をたてて眠っていた。

ひそひそ声での会話が、幸希の頭上で交わされていた。

「よく眠ってるなあ。今なら、顔に落書きしても起きないいんじゃないか？」

「宇都宮、そういう冗談は、笑えないな」

「わかってるよ。おい、古閑、何をしてるんだ？」

「ちょっとカメラを……。よし、これでいい」

会話をしているのは、三人。すべて、幸希には馴《な》じみのない声だ。

誰の声だ……？　ここ、電車の中だっけ……？

うつらうつらする幸希の頭に、大きく温かい手が触れて、一瞬で目が覚めた。

幸希がソファから飛び起きると、古閑がソファの前にひざまずき、ふたりの男が、ビール缶を手にその両脇に立っていた。

カーテンはすでに閉まっており、部屋には明かりが点《つ》いている。

慌てて時間を確認すると、すでに午後六時を過ぎていた。

「古閑さん、すみません。僕、寝ちゃいました!!」

「かまわないよ。来たばかりで熟睡するなんて、幸希は俺に、すっかり懐いたんだな」

「懐く……」

せめて、リラックスしたと言ってほしい。と、幸希が内心でぼやいた。

「古閑、新しいペットに、俺たちを紹介してくれよ」

そう男のひとり——宇都宮——が古閑に言い、幸希が慌てて自己紹介する。

「古閑さんの家でバイトをすることになった、高嶺幸希です。よろしくお願いします」

「はじめまして。古閑の秘書の関谷だ。古閑の相手は大変だろうが、頑張ってくれ。俺にできることは、なんでも協力しよう」

最初に、真面目そうな関谷が、幸希に笑顔を向けた。

「こ、こちらこそ、よろしくお願いします！」

「俺は宇都宮。広告代理店勤務で、古閑の会社の営業担当。高校、大学の同窓生だ」

にやにやしながら、宇都宮が手を差し伸べてくる。

「よろしくお願いします」

宇都宮と握手しながらも、幸希は、なんとなくこの人は虫が好かないと感じた。

古閑さんの友人だし、悪い人じゃないんだろうけど……。リア充に特有の……、うまく言えないけど、残酷さ、みたいなものを感じる……。

でもきっと、僕の、ひがみ根性だろうな。僕がこういう人、苦手だから。

「自己紹介も終わったし、飯にしようか。今日は、焼き肉だ！　幸希は、肉は好きか？」

「はい」

「準備は終わっていて、あとは焼くだけなんだよ」

古閑が腰をあげると、幸希の手を取り、ソファから立ちあがらせた。

幸希の手を握ったまま、ダイニングテーブルへ歩き出す。

「そうだ。俺の膝に座って飯を食べるか？」

「遠慮します！　あと、手を放してください」

真っ赤な顔で断ると、関谷が助け船を入れた。

「古閑、やめないか。あまり構いすぎると、猫は逃げるものだ。嫌われたくなければ、高嶺君の方から近づくようにしなければ」

「猫っていうのは、そういうものか。チャイは、最初から俺にべったりだったから、失念していた。ごめんな。幸希」

古閑が関谷の忠告に従って、幸希の手を放す。

この人、最初からわかってたけど、かなり曲者《くせもの》かもしれない。

ダイニングテーブルは四人がけで、古閑は幸希を窓際の奥の椅子《いす》に座らせた。当然のようにその隣に腰をおろす。

テーブルには、中央にホットプレート、そして、焼き肉セット――といっても、幸希が普段拝めないような高級和牛――のパックや、細長くカットしたステーキ肉が並ぶ。

他にも、サラダや薄切りにした野菜、エビやイカ、ホタテの皿もある。

ダイニングとキッチンは、対面式のカウンターで仕切られていた。

関谷がキッチンに行き、宇都宮がカウンターに移動しながら声をかけてくる。

「幸希君、お酒、飲むかい？　この家、たいていの酒はあるよ」

「え、じゃあ……ビールで」

「高嶺君、ご飯はどうする？　俺たちは最後に食べるけど、君は？」

「あ……。お酒はあまり飲まないので、最初からご飯をください」

宇都宮と関谷が、交互に幸希に話しかける。

そして、家主の古閑はといえば、幸希を嬉しげに見つめるばかりだ。

「古閑よ。嬉しいのはわかるが、ホットプレートの電源くらいは入れてくれないか」

関谷からビール缶を受け取った宇都宮が、やれやれといった顔でボタンを押した。

「一週間しか一緒にいられないんだし、一緒にいないと時間がもったいない」

古閑の声を聞きながら、幸希は、この調子で一週間、僕の神経がもつのだろうかと不安になっていた。

宇都宮が取り皿と箸《はし》を配り、その間に茶碗《ちゃわん》を手に関谷が戻ってくる。

さすがに古閑も野菜をホットプレートに並べはじめた。

「みなさん、手慣れてるっていうか……阿吽《あうん》の呼吸ですね」

「学生時代から、俺のアパートによく三人で集まって、こうやって飲んでたから」

「夏場の定番メニューは、焼きそばか焼きうどん。冬は鍋《なべ》でさ。たまに、関谷が実家から肉を持ってきた時だけ、豪華だったなぁ。それで、俺は酒類の差し入れ担当。……こう考えると、俺らって、やってることが、十年前と全然かわらないよなぁ」

古関の後に宇都宮が言葉を続けた。椅子に座った関谷が懐かしそうにふたりの言葉を聞いている。三人とも、三十路《みそじ》のいい大人であったが、表情は学生のように楽しげだ。

そして、この三人は、食材が焼けるまでの間、幸希が気まずい思いをしないようにと、何かと話をふってくる。

「高嶺君にお酒を勧めてしまったが、成人でいいのかな？」

「あ、はい。僕、童顔ですけど、今度の誕生日で二十三になります」

「良かった。高嶺君が未成年だったら、古関の立場が悪くなるところだ」

古関の秘書らしく、関谷がほっとした顔をする。

「さすがの俺も、未成年を自宅に連れ込んだりしないさ。幸希、牛タンが焼けた。タレは、そっちの塩ダレがお薦めだ」

「幸希君、レモン絞る？　あ、古関、俺、次は短角牛のステーキね。幸希君、短角牛って食べたことある？　角の短い牛で赤身が多い品種なんだけど、マジで旨いから」

なるほど、古関さんは僕を幸希って呼んで、宇都宮さんは名前に君づけ、関谷さんは苗字に君づけだ。個性が出るなぁ。

牛タンは美味しかったし、宇都宮が薦めた短角牛のステーキは、塩胡椒《こしょう》だけで絶品だった。エビもホタテもジューシーで、野菜も味が濃厚でとても美味しい。

お祖父ちゃんにも、食べさせてあげたいなぁ……。お祖父ちゃんが退院したら、このバイトのお給料で、お肉を買って、家で食べよう。

正道の喜ぶ顔を想像して、幸希がひっそり微笑む。

その笑顔を、古閑は見逃さなかった、

「幸希、どうした？」

「この短角牛って、赤身でヘルシーですし、祖父の快気祝いに食べたいと思って」

「お祖父さんは、食事制限があるんだっけ。……じゃあ、お祖父さんが退院したら、三人で短角牛のステーキを食べに行くか」

「い、いえ、そんな。そんなつもりで言ったわけじゃ」

太っ腹な古閑の言葉に、幸希が目を丸くする。

「いいって。幸希のお祖父さんなら、俺にとっても大事な人だ」

「そういうのは、古閑さんのご家族としてください」

「あぁ……。俺、天涯孤独で、家族はいないんだ」

「えっ……。あ、あの、ごめんなさい。無神経なことを言いました」

「謝らなくていいよ。そのかわり、今のお詫《わ》びに、幸希と幸希のお祖父さんと一緒に、ステーキを食べに行くって約束してくれ」

笑顔で古閑に迫られて、幸希は申し訳なさから、うなずくしかない。

古閑さんは、天涯孤独なのか。だとしたら、チャイって猫が死んじゃって、本当に悲しくて、寂しかっただろうな……。

幸希は、明るくて強引な古閑の別の顔を見た気がした。

「相変わらず、古閑は、自分に有利に話を進めるのが上手いよなぁ。……俺は、そろそろ帰るわ。明日も仕事があるし。じゃあ、幸希君、またね」

そう言って、宇都宮が帰ると、関谷が口を開いた。

「もう九時過ぎか。古閑、おまえは風呂《ふろ》に入ってこい。その間に、俺は食器を片付ける」

「わかった。そうだ、幸希、一緒に風呂に入るか？」

「遠慮します！」

幸希が即答すると、古閑が諦めきれないという顔をする。

「俺は、幸希の髪を洗いたいんだが」

「古閑、あんまり構いすぎると、嫌われるぞ」

ワイシャツの袖を捲《まく》りながら、関谷が古閑に釘を刺す。

古閑は、風呂に入るついでと、幸希に洗面所と浴室の案内をした。

モノトーンで統一された浴室は、浴槽も幸希のアパートの倍くらいあった。

洗い場も広く、シャワーヘッドやコック、蛇口に至るまで、機能的かつ洗練されたデザインで、幸希はモダンな風呂場に目を丸くした。

「浴室も広いし、一緒に入らないか」

一度断られても、古閑はまったくめげてなく、再び幸希を風呂に誘う。

「お風呂は、ひとりじゃないと、落ち着かないので！」

そう叫ぶように言いおいて、幸希は小走りにリビングに戻った。

キッチンから水音がしていた。その上、ダイニングテーブルが綺麗に片付いている。

「関谷さん、お手伝いします」

「ありがとう。食器は、食洗機で洗うから、油物だけ軽く皿の汚れを拭《ふ》き取ってもらえるかな。それが終わったら、グラス類を洗ってほしい」

関谷と場所を交代し、幸希が皿をキッチンペーパーで拭《ぬぐ》う間に、関谷が残った食材を保存容器に移し、ついでに、冷蔵庫の整理をはじめる。

「……古閑の奴、また冷蔵庫を汚して……」と、ひとりごちながら、関谷が台ふきんで冷蔵庫を拭きはじめる。

「関谷さん、几帳面ですね」

「まあね。これでも、前よりましになったんだ。以前は、潔癖と言われていた。……そうそう、古閑抜きで、君と話がしたかったんだ。今が、ちょうどいい機会かな」

冷蔵庫の扉を閉めた関谷は、コーヒーの袋を手にしていた。

関谷がコーヒーメーカーに粉と水をセットすると、すぐに芳香が漂ってきた。

幸希がコップ類を洗う間に、関谷が皿を食洗機にセットしてゆく。

コーヒーができるのとほぼ同時に、食器洗いも終わった。先に幸希がダイニングテーブルで待っていると、関谷がマグカップを持ってやってきて、幸希の向かいに座った。

「どうぞ」と、言って、関谷が幸希の前にマグカップを置いた。

「ありがとうございます。ところで、関谷さんは、自宅に帰らないんですか？」

「俺は、週のうちの半分は、ここに泊まっているから」

「泊まってる……。もしかして、古閑さんと関谷さんは、恋人同士なんでしょうか？」

幸希の言葉に、コーヒーを飲んでいた関谷が、咳《せ》き込んだ。

「っ……、誤解しないでくれ。俺と古閑は、ただの腐れ縁だ。恋人同士じゃない」

「そうなんですか？　でも、関谷さんは、古閑さんの面倒をよくみてるようだから……」

「違う！　俺は、そういう意味で古閑に好意を抱いたことは、一度もない!!」

関谷が真っ赤な顔で、テーブルを拳《こぶし》で叩《たた》き、訴える。

「だが……、まあ、そういう誤解はよくされる。だから、高嶺君が悪いわけじゃない。古閑は、俺の恩人なんだ。だから、友情というより……憧《あこが》れに近い感情を抱いている」

「憧れ、ですか」

そう答えながら、幸希は関谷を上目遣いで見やった。

関谷さんは、秘書というより、綺麗なオフィスの大企業で、幹部候補として花形部署で、出世街道をばく進するエリートサラリーマンに見える。

そういう人が、秘書をして、茶碗まで洗うのは、古閑さんに特別な感情があるから、としか思えないんだけど……。

うろんげな目をした幸希に、関谷が説明をはじめる。

「憧れだし、古閑といると、俺自身が楽なんだ。……呼吸が自然にできるというか……。高嶺君、俺の家は、父親で二代目の代議士の家で、俺は次男なんだ。後継ぎは兄に決まっていたけれど、家名を汚すようなふる舞いは許さないと、厳しく育てられていた。中学までは、それに疑問も持たずに生きてきた。むしろ、だらしない奴やいい加減な人間が大嫌いでね、そういう奴らを見たら率先して注意してたし、あいつらは馬鹿だと軽蔑《けいべつ》していた。高校二年の時まではね」

「関谷さんって、いかにも委員長ってタイプに見えます」

「お察しの通り、小学一年生からずっとクラス委員で、あだ名も委員長だった」

関谷が苦笑する。その笑顔は、過去の自分の愚かしさを自覚した、大人のものだ。

「古閑とは、高校からのつきあいで、高校二年の時に、同じクラスになった。あいつは、今ほど針がふり切れた感じじゃなくて、飄々《ひょうひょう》として、どこか達観したようなところがあって、最初は、とにかく、気に食わなかった」

「……そうだったんですか」

「奨学生だけあって、成績は上位だけど、なんていうのかな……この成績を取っていればいいっていうラインを押さえていて、それ以上の成績を取ろうとしないように、俺には見えた。そういうところが、また、癪《しゃく》に障った。俺は、古関より成績は良かったけど、いつもぎりぎりいっぱいまで努力をしていたから」

「どうして関谷さんは、古関さんとなかよくなったんですか？」

「文化祭の打ち合せを、俺の家ですることになったんだ。たまたまその時は、普段は選挙区にいる母が、都内の自宅にいてね。恥ずかしながら、俺は、その時、反抗期で……。普段、放っているからか、母はハンバーグとかカレーとか、プリンとか、そういう、こどもの頃の俺の好物を作るんだよ。それを俺は、冷ややかに受け留めていた。今の俺の好物も知らないのかと。今となっては、俺が食べたいものをリクエストすれば、それを母が作ってくれたとわかるんだけど、そこまで母に歩み寄る気はなかった。ありていに言えば、察してくれるのが母親の愛情だと、拗《す》ねていたんだな」

「……」

「それで、母が文化祭の打ち合せをする俺たちへ、プリンを差し入れしてくれたんだ。その時、古閑が、そりゃもう、旨そうに食べたんだよ。『三歳の時に亡くなった母親の味を思い出す』とね」

「古閑さんは、そんな小さい時に、お母さんを亡くしてたんですか？」

「あぁ。これは、業界紙のインタビューでも答えてるから、秘密じゃない。ネットであいつの名前を検索すれば、出てくる話だ。父親のことは……言えないが」

関谷がふっと秘書の顔に戻る。

「『お母さんの愛情がいっぱいだからですかね。すごく、美味しいです』とも言っていた。それを聞いて、俺は……酷《ひど》く、自分が恥ずかしくなったんだ。古閑が、大人に見えた。古閑に比べると、俺は、なんて小さいことにこだわってたんだとね。今までは、プリンを出されても、意地になって食べなかったんだけど、その時は、その場で食べた。……旨かったよ。子どもの時と、同じように。それまで、母とは気まずかったんだけど、少しずつ会話も増えて、母がどういう気持ちで、俺の昔の好物を作っていたのか理解できた。つまり、あいつは、ただプリンを美味そうに食べただけで、俺と母——あと父もだな——の関係を、改善したんだ。すごいと思った。それから、古閑の良いところがどんどん見えて……今に至る、というわけだ」

「そんなことがあったんですか」

過去に、そういうことがあったのなら、関谷さんが古閑さんのことを特別な友人と思うのも、無理ないかもしれない。

「俺は、生まれつき狭量というか……他人を受け入れるキャパが小さいんだ。だが、古閑といるうちに、自分と違う価値観も、容認できるようになった。そうすると、生きるのが、楽になった。今でも、時々、そういうことがある。それが、俺が古閑にくっついている理由だ。……だから、恋愛感情はない。そこのところは、誤解しないでほしい」

「わかりました」

大真面目で主張する関谷に、幸希が大きくうなずき返す。

「よかったよ、誤解が解けて。それで、俺から君に、お願いがある」

「なんでしょうか？」

「古閑は、ああいう奴だから、驚くことも多いだろうが、バイト中は、古閑とできるだけなかよくしてほしい。あいつは、黙っていても人が寄ってくるけど、自分から誰かに近づくことは、滅多にない。高嶺君は、その貴重な人間だ。どうか、よろしく頼む」

関谷が椅子から立ちあがり、幸希に頭をさげた。

「関谷さん、頭をあげてください。あの、僕……バイト期間中は、ちゃんと古閑さんのペットとして、頑張ります」

「ありがとう、これで安心した。高嶺君さえ良ければ、このバイトが終わっても、古閑と友人としてつきあってほしいのだが」

「それは……約束できません……。ごめんなさい」

今度は、幸希が椅子から立ちあがり、関谷に頭をさげる。

本当は、今すぐ断りたかった。しかし、友人のため、年下の人間に頭をさげた関谷の心情を慮《おもんぱか》ると、そうすることはできなかった。

こうやって、だらだら結論を告げるのを先延ばしにすることで、どんどん断りづらい状況になるのは、幸希もわかっているのだ。

けれども、どうしても、できない。幸希は、そういう性格だった。

僕って、本当に、優柔不断……。

内心でため息をつき、自己嫌悪に陥ったところで、廊下から古閑の声がした。

「風呂が空いたぞ。次は誰が入るんだ？」

「高嶺君、先にどうぞ。俺は、まだ仕事がある」

「もしかして、古閑さんの服をクリーニングに出すんですか？」

「よくわかったね」

「昼間、古閑さんから聞いていたので。クリーニングに出さないものは、明日、僕が洗濯して畳んでおきます。後で、洗濯機の使い方を教えてください」

「いいのかい？」

「昼間は祖父のお見舞い以外、することもないですし。よかったら、掃除もしますよ」

「……これは、俺から君に、バイト代を払わないといけないかな。もし、ここでの滞在中、掃除と洗濯をしてくれるなら、最終日にまとめて払うよ」

「いえ、そんなつもりじゃ！　もう、古関さんから充分に、バイト代をいただくことになっていますし」

「そういうわけにはいかない。労働には、それに応じた対価が支払われるべきだ」

生真面目な顔で、関谷が強い口調で言った。

関谷さんは、律儀だ。きちんとした大人なんだ。そう幸希が感心していると、首にタオルをかけ、パジャマ姿の古関がやってきた。

「いいものを飲んでるじゃないか」

「古関の分もある。だけど、風呂あがりは、ビールじゃないのか？」

「もちろん。そのつもりだ」

濡《ぬ》れた髪の古関は、昼間と雰囲気が違っていた。

ありていに言えば、色気のようなものが漂っている。

「僕、お風呂に入ってきます」

幸希はマグカップの中身を急いで飲み干し、キッチンで洗い、リビングに戻ってバッグから着替えを取り出した。

「カップを洗ってくれたのか。ありがとう。高嶺君は、本当に気が利くな」

「当たり前だ。俺の幸希だぞ」

「僕は、古閑さんのものじゃないです！」

悲鳴のような声で訴えて、幸希が慌てて洗面所に向かった。

背後から、古閑と関谷の朗らかな笑い声が聞こえていた。

それを、なぜか幸希は嬉しく感じた。

明るくて、笑い声が絶えなくて。……もしかして、僕に兄弟がいたらこんな感じなのかも。そう、幸希は心の中でつぶやいていた。


古閑宅のシャンプーとリンス、そしてボディソープは、どれも、ナチュラルなアロマの芳香が心地良い。

バスタブからは、甘い果物の香りが漂い、手足を伸ばしてお湯に浸《つ》かると、「極楽だぁ……」と、つぶやいてしまうほど、快適だった。

美味しいものを食べて、ゆっくりお風呂に浸かって……まるで、リゾートホテルに泊まってるみたいだ。

それくらい、古閑の家のすべてが、幸希にとって別世界であった。

風呂を出て、自分の下着とパジャマ——正確には、古くなったTシャツとスウェットのズボンだ――に着替えると、ふっと我に返る。

いけない、いけない。いくら良くしてもらっても、僕はお客様じゃないし、仕事でここに来ているんだ。

改めて気を引き締めて、リビングに戻る。関谷が入れ違いにリビングから出て行き、幸希は古閑とふたりきりとなった。

「お風呂、いただきました」

「喉《のど》が渇いただろう？　ビール飲む？」

「お酒は結構です。お水か何かいただければ」

「それじゃあ、フルーツたっぷりのスムージーを作ろう」

古閑がキッチンに行き、ややあってグラスを持って戻ってきた。

リビングの入り口で所在なさげに立っていた幸希を、古閑がソファに手招きする。

ソファでは、当然ながら、古閑の隣に座らされた。

古閑からグラスを受け取り、スムージーを口に含む。

「美味しい！　イチゴと桃……それに、あとは……なんだろう？　マンゴーみたいな味がしますけど……」

「幸希は、舌がいいな。イチゴと桃は正解。もう一種類は、北アメリカ原産の、ポポーという果物で、その名も、マンゴーっていう品種だ。旬《しゅん》は九月なんだけど、冷凍保存してあった分を使ってみた」

「珍しい果物なんですか……。ありがとうございます」

ポポーの入ったスムージーは、ねっとりとして甘味が強かった。

「あと、ほんのちょっとさっぱりしてたら、飲みやすいかも。レモンを入れるとか……ミントの葉を飾るとか……」

「そりゃいいいな。うちの商品開発部に提案してみよう。ポポーは、旬が短くて、店で生果として扱うには、ハードルが高い。だけど、冷凍してスムージーにすれば、季節限定で扱える。まあ、生でそのまま食べるのが、プリンみたいな食感で、一番美味いんだけど」

ポポーの味を思い出しているのか、古閑が、うっとりと幸せそうな顔をする。

「古閑さんは、食べるの、好きなんですか？」

「大好きだ！　貧乏暮らしが長かったから、食べることに執着があるのかもしれないが……。幸希は、食に興味がない方？」

「いえ。食べるのは好きです。美味しいものを食べると、幸せになります。今日の夕食も、全部美味しかったです。ありがとうございました」

「それは良かった。喜んでもらえて、俺も嬉しいよ」

古閑が目を細めて幸希を見つめる。

甘やかで優しく、すべてを包み込むようなまなざしだ。

今日、古閑と一緒にいたことで、その視線にも少しずつ、慣れてきた。

でも、――このまなざしは、僕に向けてじゃない。本当は、チャイという猫が受けるものと思うと――やっぱり、居心地が悪い。

ソファの右手の壁を見ると、たくさんのチャイの写真が目に入った。

ごめんね。君の、ご主人様を奪ってしまって。でも、すぐに、古閑さんは君だけのご主人様に戻るから。少しの間だけ、僕がいることを、許してほしい。

幸希が写真から目を逸《そ》らすと、バッグがなくなっていた。

「古閑さん、僕の荷物、どこにいったんでしょうか？」

「俺の寝室に移動させた。幸希は、俺のベッドで寝るんだから、荷物も俺の寝室にあった方が、便利だろう？」

「……ちょっと待ってください。僕は、古閑さんのベッドで寝るんですか？」

「飼い猫は、飼い主と一緒に寝るもんだ」

さも当然とばかりに古閑が言った。

「さすがにそれはちょっと……。僕は、もう片方の部屋で寝ます」

「そっちは、関谷の寝室だよ」

「では、古閑さんは、関谷さんと一緒に寝てはどうでしょう？　友達同士なんだし」

「はぁ？　どうして大の男と同じベッドで寝なきゃいけないんだ⁉　気色悪い！」

本当に嫌だというように、古閑が声を荒らげた。

普段なら他人を怒らせると、萎縮《いしゅく》して何も言えなくなる幸希であったが、勇気をふり絞って古閑に反論した。

「その理屈で言うと、僕も成人男性だから、アウト……じゃないでしょうか……」

「幸希は、俺のペットだから、問題ない」

即座に返され、幸希がのけぞりそうになる。

古閑さんの目に、僕は、いったいどう映っているんだろうか？

そりゃあ、僕は小柄だし痩《や》せてはいるけど、どこからどう見ても、大人の男のはず。

「ここのところ、ずっと独り寝で、寂しかったんだ。ようやくかわいいペットと寝られて、俺は嬉しい。本当に、嬉しいんだ……」

古閑が幸希の体を抱くように背に腕を回した。幸希の肩に顔を埋《うず》めて、ぐいぐいと額を押しつける。

独り寝が寂しいという古閑の言葉が、幸希の胸に突き刺さる。

昨晩、アパートで祖父の気配がないだけで、幸希は、とても寂しかった。

古閑さんも、そういう感じだったのかな……。

ひとりぼっちの寂しさを想像するだけで、きゅっと幸希の胸が締めつけられる。可哀想《かわいそう》というのとも違う。幸希は、古閑の寂しさに共感していた。

古閑が三歳で母を亡くした、天涯孤独の身の上と聞いた後では、尚更《なおさら》だった。

「わかりました。僕、古閑さんと一緒に寝ます」

「ありがとう。そうとなったら、今すぐ寝室に行こう」

即断即決を絵に描いたように、古閑は、幸希の肩を抱いたまま立ちあがる。

「よく、チャイを抱っこして寝室に行ったんだが」

「それは……僕を抱っこしたい、ということでしょうか？」

「抱っこしていいんだ！」

「遠慮します！　ね、猫は、構いすぎると逃げるんですよ！」

ぱぁっと表情が明るくなった古閑を、幸希が関谷の言葉を借りて牽制《けんせい》する。

古閑は、がっくり肩を落としたが、寝室に入る頃には、すっかり元通りになっていた。

寝室は、リビングより一回り小さいほどの広さであった。

まず目に入ったのは、大きなベッドだ。敷き布団を二つ並べた幅があるので、男ふたりで並んで寝ても、密着することはなさそうだ、と、幸希が判断する。

これなら、一緒に寝ても大丈夫かな。

安心したら、改めて寝室を見回す余裕が出てきた。

壁面に作り付けのクローゼット、座り心地の良さそうなひとりがけのソファに小さなテーブル、小型の冷蔵庫とワインセラー、そして小さな食器棚。

床には淡いベージュのラグが敷かれて、裸足《はだし》で歩いたら、気持ち良さそうだった。ベッドのリネンは白地に淡いグリーンの布がついていて、枕《まくら》カバーも同じデザインだ。

いかにも寝心地の良さそうなベッドに古閑が腰をおろした。

ナイトテーブルの目覚まし時計に手を伸ばし、古閑が幸希に尋ねる。

「俺は、明日は七時半に起きるけど、幸希は何時に起きるんだ？」

「古閑さんは、何時にここを出るんですか？」

「明日は、いつも通り八時二十分」

「じゃあ、僕は、早めに支度をしたいので、七時に起きます」

幸希のバッグは、ひとりがけのソファの上にあった。バッグから携帯電話を取り出して、幸希がアラームをセットする。

先にベッドに入った古閑が、上掛けを持ちあげて、「おいで」と、嬉しそうに幸希を誘った。

「…………失礼します」

幸希が覚悟を決めてベッドの端に横たわる。すると、古閑がシーツを平手で叩いた。

「違う。もっと近くに。チャイは、毎晩、俺の腕枕で寝ていたんだから」

「腕枕⁉　猫って、腕枕で寝るんですか？」

「そういう猫もいる。そうだ、証拠になる写真がある。……ほら」

古関がスマホを見せる。そこには、猫に腕枕をする今より少し若い古関が映っていた。「チャイは、人間っぽいところがあったんだ。枕に頭を載せて寝てたり、トイレでは便座に座って用を足していた。他にも、引き戸や襖を片手で開けたり、暑い時は、扇風機のスイッチを入れて涼んだり」

「……それ、本当に猫ですか？」

古関の語るチャイのエピソードは、幸希の常識を越えていた。

本当かなぁ。もちろん、こんな嘘をついても意味ないけど……。いや、ちょっと待てよ。

「古関さん、最初にバイトの内容を説明した時には、僕は自由にふる舞っていいと言ってましたよね。今の状況は、条件と違いませんか？」

「すまない。最初は、本当にそうするつもりだったんだ」

古関は契約違反をしている自覚はあったらしく、素直に謝った。

「だけど、ほら、久しぶりにペットがいるんだし、構わずにはいられないというか……構いたいんだよ！　この気持ち、わかるだろう？」

「さっぱりわかりません」

古関の熱弁を、幸希がさくっと斬《き》って捨てた。

普段なら言うのを躊躇《ちゅうちょ》するような言葉だが、古関に対してなら幸希は言えた。

……どうしてだろう？　幸希が、内心で小首を傾《かし》げる。

古関さんは、お祖父ちゃんと同じくらい、話しやすい……から？

不思議な気持ちで幸希が古関を見た。

その古関は、幸希の返答に、しょんぼりしている。

「腕枕はできませんけど、一緒には寝ます。最後の晩には、腕枕で寝られるよう、努力します。あのですね、古関さんが関谷さんと寝るのが嫌だったように、僕にとって古関さんは、同性の大人ですので、一緒に寝るのには抵抗があるんです」

「……わかった」

渋々といった様子で答えると、古関が布団の中に潜り込んだ。幸希はため息をつき、古関と充分な距離を置いて、隣に横たわる。

……お祖父ちゃんとは、同じ部屋で布団を並べて寝てたけど、やっぱり、同じベッドっていうのは、勝手が違うな。

幸希が目を閉じると、衣擦《きぬず》れの音がして、古関が寝室の照明を消した。

まぶたを通した視界が暗くなり、いよいよ幸希が本格的に寝に入ろうとした時、「なぁ」と、古関が声をかけてきた。

「なんでしょうか？」

「腕枕が駄目なら、手を握るのは、どうだろう？」

「それなら僕は、今晩はリビングに移動して、ソファで寝ます」

「……すまなかった」

まぶたを開けると、暗闇《くらやみ》に慣れた目に、捨てられた子犬のような表情の古関が映る。

『バイト中は、古関とできるだけなかよくしてほしい』

先ほど、関谷と交わした約束を思い出した。

……ちょっと、冷たくしすぎちゃったかなぁ……。日給三万円のバイトなんだし、もう少しサービスしてもいいのかも。どうしようかなぁ…………。

たっぷり一分以上考えてから、幸希は、隣にいる古関の左腕に、そっと右腕で触れた。

「あぁ……チャイみたいな触り方だ」

暗闇に、ため息のようにひそやかに、喜びを噛み締めるような古関の声がした。

天涯孤独の人が、大事なペットを亡くして……悲しくて、寂しくて……。今日は、僕っていうペットを迎えて、嬉しすぎて、はしゃいじゃってるんだ。

明日になったら、もう少し、古関さんが落ち着きますように。そう願いながら、幸希は健やかな眠りについたのだった。


翌朝、携帯のアラーム音で幸希は目覚めた。

早く、止めないと。古関さんは、まだ起きる時間じゃないんだし。

枕元に手を伸ばした幸希は、腕があがらないことに気づいた。

腕があがらないどころではない。幸希の首の下には古閑の腕が差し入れられていた。そして、背後から幸希を抱く古閑の腕の中に、すっぽり体が納まっていたのだ。

「え……、え、えぇ……なんで……」

まず、最初に驚いて、次に同性に抱かれていたという事実に怖気《おぞけ》が走り、そして、それに気づかず熟睡していた自分に愕然とする。

「いや、ちょっと、待って。腕を……。腕が外れない？」

古閑は、腕枕している左手首を右手で摑んでいた。幸希が古閑の右腕を持ちあげようとするが、古閑の力が予想以上に強い。

幸希は、古閑を起こさないよう、そっと腕を移動させたかったが、とても無理だ。

「古閑さん、離してください」

小声で懇願するが、古閑は幸希の脚に自分の脚を乗せてきた。

幸希の意図に反して、前よりしっかり抱き抱えられてしまう。

「こっ、古閑さん！」

たまりかねて、ついに幸希が大声をあげ、思い切って古閑の腕を押した。

小柄であっても幸希は成人男性だ。相応の力はある。すぐに、古閑の腕から抜け出せた。

その勢いのまま、半ばずり落ちるようにベッドからおりる。

「ん……ん」

古閑はまだ半分眠っているのか、目を閉じたまま、幸希がいた場所を手探りする。

虚《むな》しくシーツの上を手がさまよい、ややあって、古閑が薄目を開けた。

「……おはよう」と、古閑が蕩《とろ》けるように幸せそうな笑顔で挨拶をする。

「おはようございます。僕、洗面所で着替えてきます」

挨拶を返すと、幸希は急いで枕元の携帯を掴み、着替えを抱えて洗面所に向かった。

洗面所では、関谷が朝の洗顔を終えたところだった。

「おはよう。……高嶺君、疲れた顔をしているな。昨晩は、眠れなかったのか？」

「いいえ。その……朝起きたら、古閑さんに抱き締められてました……」

げんなりした顔で幸希が答えると、関谷が気の毒にという表情をする。

「古閑に悪気はないんだ。許してやってくれ。久しぶりに溺愛《できあい》する対象ができて、浮かれているだけだ。慣れたら、もう少しましな行動になるだろうから」

「でも、古閑さんは、毎晩チャイに腕枕をしてたと言ってました。どうやら、僕にも同じようにしたいようなんですが」

「……俺から、古閑に過度な接触は慎むよう言っておこう」

それで、効果があるんでしょうか？　と、返したかったが、幸希は何も言わなかった。

口を開くかわりに、洗面所で洗顔し、着替えはじめる。

毎晩こうなのか……。前途多難、だけど……一週間限定だし。最悪、バイト中は毎晩、古関さんに抱き締められて眠る覚悟をすればいいんだ。

古関さんに、妙な下心がないのはわかってる。日給三万円だし、頑張ろう。

悲壮な顔で覚悟を決めた幸希を、関谷がなんともいえない表情で見ていた。

その後、関谷とふたりで朝食の支度をしていると、古関が爽やかにやってきた。

幸希が作った昨晩の残り野菜の温サラダと、タマネギとクレソンと余り肉を入れたボリュームたっぷりのホットサンドを見て、歓声をあげる。

「すごいな！　なんて旨そうな朝食だ」

「お口に、合えばいいんですが……」

「美味しいに決まってる。俺は、旨いものは見ただけでわかる。オーラが違うから」

褒め言葉に恐縮しつつ幸希が答えると、自信たっぷりに古関が返す。

「古関、高嶺君の手際は、とても鮮やかだった。冷蔵庫を見て、あっという間に何を作るか決めてしまったよ。高嶺君は、普段から料理を作っているのか？」

「学生の時は、僕がメインで、今は祖父と交代で作ってます。朝食はいつも和食なので、今日はちょっと緊張しました」

「じゃあ、明日から朝食を作ってくれないか？　和食がいいなら和食を。俺は、幸希が作ったおにぎりが食べたい」

「おにぎりだったら、ご飯もありますし、今から握りますよ。具は何がいいですか？」

「梅干しと、とろろ昆布、あと、明太子におかか。残念ながら、塩鮭《しおざけ》はうちにない」

「そんなに食べるんですか？」

ホットサンドと温サラダもあるのに……。古関さん、どれだけ食べるんだろう。

幸希が面食らっていると、古関がしれっと答える。

「今日の昼食にするんだ。幸希が握ったおにぎりなんて、最高の贅沢だ」

「おにぎりは、古関さんだけの分でいいんですか？　関谷さんの分はどうしましょう？」

「俺もいただこうか。高嶺君の作ったおにぎりは、美味そうだ」

関谷の返事に、幸希が時計で時間を確認する。

七時四十五分か。古関さんたちが家を出るまで時間はあるし、うん、間に合うな。

「おふたりは、先に食べててください。すぐに、僕も行きます」

幸希が炊飯器の残りごはんの量を確認していると、古関がキッチンにやってきた。

「海苔《のり》がどこにあるかわからないだろう？　幸希が料理を作る時は、うちにあるものは、なんでも自由に使っていい」

「ありがとうございます」

「礼を言うのは、こっちの方だ。今日の夕飯はどうする？　幸希が作ってくれたら嬉しいけど、近場に食べに行く方がいいか？」

古閑が戸棚から海苔の缶を出し、幸希に渡した。

「えっと……。さっき冷蔵庫を見たんですけど、昨日のエビとイカとホタテが残っているので、八宝菜で良ければ作りますよ」

「八宝菜！」

「白菜のかわりに、冷蔵庫のキャベツで、キクラゲのかわりにキノコになりますけど」

「幸希は、アレンジもできるのか。料理上手なんだな」

「そんなことないです。ふたり暮らしって、食材が減らないんですよ。それで、あるものを組み合わせて料理を作っていただけです」

予想外に古閑の食いつきが良く、幸希は驚きつつも嬉しくなる。

ほっこりした気分で冷蔵庫からおにぎりの具を取り出すと、古閑が海苔の入っていた棚から、乾燥キクラゲや干しエビを取り出した。

「乾物は、ここに入ってる。こっちの棚が小麦粉なんかの粉類で、こっちの棚にはかつおぶしや煮干し、昆布が入ってる」

説明をすると、古閑はかつおぶしを取り出して、鼻歌を歌いながら削り器で削り出す。

かつおぶしを削り器で削るのを、幸希は初めて見た。

「古閑さんのお宅には、なんでもあるんですね」

「俺は、旨いものを食べるのが生き甲斐《がい》だから」

「古閑さんは、お料理が得意なんですか？」

「高校の時から自炊だったから、だいたいなんでも作れるけど、味は普通だ。残念ながら、これは旨い！　って料理は作れないんだよ」

「本当は、上手そうですけど。……僕は、自分が作った料理って、あんまり美味しいと思えないんですけど、古閑さんもそうなんじゃないですか？」

喋りながら、幸希が炊飯器からごはんを茶碗によそい、梅干しを入れて握り出す。

「確かに、そういう要素はあるかもな。他人が作った料理の方が、旨いと感じる」

「作る時に、食べる人のことを考えて作るから……ですかね。僕は、祖父の喜ぶ顔を見たいと思って作ります。もやしのひげも、自分ひとりの時は取りませんけど、祖父も食べる時は、面倒でも取るようにしてます。それだけで、味も食感も良くなりますから」

「そのひと手間が、愛情か。……幸希のお祖父さんが、羨《うらや》ましいよ」

しみじみとした口調で古閑が言った。

いつでも、ご飯くらい作ってあげますよ。

思わず、幸希がそう言いたくなるような古閑の切なげな表情だった。

明るく精力に溢れた古閑であったが、ふとした時に見せる陰り――寂しさか――が、古閑の人格に深みを与えている。

結局、古閑は、幸希がおにぎりを握り終えるまでキッチンにいた。

ふたりがダイニングに戻ると、関谷は食事をせずに待っていた。

あぁ、そうか。古閑さんも関谷さんも、僕がおにぎりを作り終えるまで、待っててくれたんだ。出勤前の、一番、忙しい時間なのに……。

幸希の胸が、ほっこりと温かくなった。

ふたりの心遣いが嬉しくて、幸希は、もっと頑張ろうと自然に思えた。

食卓には、幸希の作った料理の他に、関谷が温めた高級ホテルで販売しているレトルトのスープ、コーヒー、オレンジジュース、フルーツソースのかかったヨーグルトもあり、普段、質素に生活している幸希からすると、とても豪華な朝食であった。

「朝から豪華ですね」

「俺と古閑だけなら、朝食はトーストとヨーグルトが定番だ。高嶺君のおかげだよ」

「幸希が作ってくれたってだけで、俺には、ご馳走《ちそう》だ。……うん、旨い！」

嬉しそうな顔で古閑がホットサンドに齧《かじ》りつき、幸せそうに咀嚼《そしゃく》する。

うわぁ……。古閑さんって、なんて美味しそうに食べるんだろう。

こんなに喜んでもらえると、僕も、すごく、嬉しい。

嬉しさに幸希の頬がほんのり紅潮した。そのまま自分のホットサンドに手を伸ばし、一口食べると、肉の味がじゅわっと口に広がる。

関谷もホットサンドを一口頬張り、幸希に微笑みかけた。

「本当だ。すごく美味しいよ、高嶺君」

ホットサラダも、素材がいいので、当然美味だった。レトルトのスープも同様だ。

「いやぁ、今晩の夕食も楽しみだ。幸希が八宝菜を作ってくれるって」

「作るのは、古閑さんと僕の分だけでいいですか？　関谷さんのご予定は？」

そう尋ねながら、幸希は、はたと気づいた。

関谷さんが今晩、ここに来ないのなら、僕は客室で寝られるかも。そうすれば、今朝《けさ》みたいに、朝起きたら、古閑さんに抱き締められることはない。

……でも、関谷さんがいないと、寝るまでの間、古閑さんとふたりきりか。

安眠と、古閑とふたりきりで緊張した時間を過ごすか。

どっちもどっちかなぁ。でも、古閑さんが、僕が客室に寝るのは許さないかも。それなら、関谷さんがいてくれた方が、ましかもしれない。

「僕は、関谷さんがいてくれると嬉しいんですが……」

上目遣いで関谷を見ながら、幸希が懇願する。

関谷は、食事の手を止め、古閑を見て、幸希を見て、そして「いいよ」と、言った。

すると、渋い顔で古閑が口を開く。

「関谷、今日は金曜だぞ？　週末くらい、自宅でゆっくり過ごしたいんじゃないか？」

「週末だが、特に予定はない。あぁ、今週末は古閑の衣替えをするつもりだったな」

「関谷の衣替えはいいのかよ！？」

「すでに、先週終わっている。……高嶺君だって、急におまえとふたりきりになるより、俺という緩衝材があった方が、緊張しなくていいだろう」

関谷の答えに、古関がしょんぼりした顔になる。

「幸希は、まだ、俺に馴れないのか……？」

「そ、そうですね。まだ、一日しか経っていませんし」

「よし、明日の土曜日は、俺と幸希のふれあいデーにしよう！」

「ふれあいデー……？　なんでしょうか、それ？」

「そのままの意味だ。幸希と俺の距離を縮めるために、一日、ふたりきりで外出する！　関谷はその間、衣替えでもなんでもするといい」

それはさすがに、関谷さんに対して酷いんじゃないだろうか？

そう思いつつ、幸希が関谷の様子をうかがった。

「あぁ、それはいい。ふたりでゆっくり休日を楽しんできてくれ。ちょうど、読んでしまいたいビジネス書が何冊かあるから、ひとりの方が、集中できる」

関谷は、古関に甘い。そのことを、幸希は改めて認識した。

「いやぁ、楽しみだなぁ。幸希はどこに行きたい？」

「特に、行きたい場所はないです。どちらかというと、人混みは苦手なので、ゆっくりできれば……。祖父のお見舞いにも行きたいですし」

「じゃあ、午前中にお祖父さんのお見舞いに行こう。俺も、一度、ご挨拶したかったんだ。車で病院まで行って、あそこからなら……どこが幸希のリクエストに合うかな？」

早速、古閑が外出の予定を立てはじめる。

そうして、にぎやかに朝食が終わり、幸希が食器を片付ける間に、関谷が歯磨きしに洗面所に行き、古閑が残った。

「夕食の食材を買ったりするのに、金がいるだろう？」

古閑が財布から万札を抜き出した。

「こんなにいりません！」

「ここにいる間にかかる食費や雑費をまとめて渡すだけだ。だが、けちけちしないで使ってくれ。俺は、どうせなら、ちゃんとした食材で、旨いものが食べたい」

古閑が幸希の手を取り、紙幣を握らせた。

貰った万札――五枚あった――を、幸希がポケットに入れた。

それから、おにぎりを重箱に詰めはじめる。

「三角が梅干しで、丸が明太子、俵がおかかです。とろろ昆布は、見ればわかりますよね。海苔はどうします？　今、巻くと、湿気っちゃいますよね。パリパリの方がいいなら、ラップに包んで持っていって、食べる時に巻きますか？」

「う……ん。湿気ってる方が、俺は好きだな。関谷も文句はないと思う」

「実は、僕も湿気った方が好きなんです。じゃあ、今、巻いちゃいましょうか」

さっと手を洗って、幸希が丁寧におにぎりに海苔を巻きはじめる。

古関が、嬉しそうな笑顔を浮かべたところで、関谷が洗面所から戻ってきた。

キッチンから古関が去り、幸希は詰め終えた重箱を、関谷に渡した。

「ごめんなさい、本当におにぎりしか入ってないんです。もっと時間に余裕があれば、ちょっとしたおかずも作れたんですけど」

「いやいや、古関のわがままにつきあってくれただけで、充分だよ。ありがとう」

恐縮する幸希の肩に、ぽんと関谷が手を置いた。

「これから、高嶺君はどうするんだ？」

「茶碗を洗って、洗濯と掃除をしたら、祖父のお見舞いに行く予定です」

「そうか。……じゃあ、これを渡しておく」そう言って、関谷がカードを幸希に渡した。

「カードキーだよ。マンションのエントランスに入る時とか、エレベーターを使う時に、これを通すんだ」

「普通の鍵《かぎ》じゃないんですね……。ありがとうございます」

カードキーをポケットにしまい、ふたりはそのまま玄関へ向かった。

歯磨きを終えた古関が、ジャケットを腕にかけて廊下に出てきた。

「幸希、見送りしてくれるのか？」

「はい」

「今日は、六時半に帰宅するから」

古閑が快活な声で告げ、出て行った。扉が閉まり、幸希が、ふう、と息を吐く。

ひとりになってほっとするが、同時に、シンと静まり返った室内が、もの寂しい。

「さて、仕事しよう！」

そう、自分を鼓舞するように言うと、幸希は食器を洗いに台所へ向かった。

丁寧に家事を済ませ、幸希は、祖父の見舞いに行く。

「どうだ、幸希。バイトは」

「仕事だから、大変なこともあるけど、待遇はすごくいいよ。雇い主の古閑さんも秘書の関谷さんもいい人で、朝食の時、僕が食卓に着くまで、食べずに待っててくれたんだ」

「それは、いい仕事に当たったなあ」

孫が明るく喋る姿を、正道はにこにこと見守っている。

「僕も、本当に、そうだなぁって思う。古閑さんには、感謝してる」

やたらと過剰な行動をする以外、古閑はとてもいい雇い主なのだ。

「人見知りのおまえが、泊まりの仕事なんて大丈夫かと心配してたんだが。……取り越し苦労だったようだな。そのまま、頑張りなさい」

「うん。このまま、何事もなくバイトが終われば、それが一番だよね」

もちろん、何事か、が起こるはずもない。そう幸希は思っていた。その時は。

三時までゆったりと過ごし、幸希は夕食の支度があるからと、祖父の病室を出た。

帰宅途中、古閑のマンションに近い高級スーパーで夕食の買い物をする。

「八宝菜がメインだから、豚肉を買って、あとは、何にしよう？」

汁物は、今がはしりのとうもろこしでスープを作ることにした。さすがにそれだけでは食卓が寂しいので、棒々鶏《バンバンジー》を追加するが、それでも足りない気がした。

朝食を食べる古閑さんは、本当に嬉しそうだったなぁ。

あんなに喜んでくれるのだから、僕も、作り甲斐がある。

「そうだ！　もやしとザーサイと豆腐の炒《いた》めものも作ろう。これなら、酒の肴《さかな》にもなるし」

買い物を終えて古閑のマンションに帰ると、すでに、五時近くになっていた。

「あと一時間半か……。まずは、棒々鶏からかな」

冷菜ならば、冷やしておいた方が美味しい。次に温め直せるスープを作り、もやしと豆腐とザーサイの炒めものと八宝菜の下ごしらえという手順だ。

もやしのひげを取るのに時間がかかったが、それでも、六時前に下ごしらえは終わった。

炊飯器もセットして、後は、古閑たちが帰ってきたら、炒めて、出来立てを出すだけだ。

あいた時間に、乾燥機から洗濯物を取り出し、リビングに移動して畳み出す。

大きな窓から、広々とした緑地が見える。太陽はすでに西に傾いてはいたものの、まだまだ明るい。


洗濯物を畳み終えた幸希は、床に座ったままソファに背中を預け、窓の外を見る。

窓越しであっても、西日を受けた木々は美しく、鮮やかに幸希の目に映る。

ぼんやりと景色を眺めるうちに、幸希は、とても安らいで満ち足りた気分になった。

自分の家でもないのに、古関の家は、とても安心できる。誰も幸希を傷つけない、安全な場所だ。思考より、心の方が、それを知っているようだった。

すると、玄関から扉の開く音がして、古関の声がした。

「幸希、ただいま！」

「お帰りなさい」

幸希が急いで玄関まで迎えに行くと、古関が嬉しそうに笑った。

そして、古関が手を伸ばし、手の甲で幸希の頬を撫でた。

「お留守番、ご苦労さま。いい子にしてたか？」

まるで小さいこどもに言うように語りかけると、古関が幸希を抱き締めた。

「えっ！」

棒立ちになった幸希の髪に、古関が頬ずりをした。

過激な古閑のコミュニケーションの間も、幸希はされるがままになっていた。

古閑はペットとのふれあいを充分に堪能《たんのう》した後、幸希を解放した。

「そうだ。幸希に会ったら真っ先に言おうと思っていたんだ　昼食のおにぎりを、ありがとう。とても、美味しかった」

「おにぎりなんて、誰が作っても同じじゃないですか」

「いや、高嶺君の握ったおにぎりは、とても美味しかった」

靴を脱ぎ終えた関谷が、すかさず古閑をフォローする。

「幸希、おにぎりっていうのは、握った人の愛情が込められているんだ。だから、誰が握っても同じってことはない。幸希の握ったおにぎりからは、とびきり、美味しそうな食べ物のオーラが出ていたしな」

「美味しそうな食べ物のオーラ……。そんなもの、あるんですか？」

「ある！　俺は、旨い食べ物を見ただけでわかるからこそ、この業界で成功したんだ」

そう言われると、幸希も、そういうこともあるかもしれない、という気になってくる。

「それじゃあ、古閑さんの期待に応《こた》えられるよう、夕食も頑張って作りますね」

そう言って、幸希が台所へ移動する。

夕食は、三口コンロの威力もあり、出来立ての料理と温かいスープが食卓に並んだ。

古閑は当然のことながら大喜びで、関谷からも絶賛された。

「本当に、高嶺君は料理が上手い。この、豆腐ともやしの炒めもの、もやしの食感がいいし、ザーサイの塩味が、ビールに最高に合う」

「節約レシピですけど、そう言ってもらえると嬉しいです」

「幸希、コーンの中華スープ、もしかして、とうもろこしから作ったのか？」

「はい。古関さんが、食材はけちけちするな、と言ってくれたので。贅沢なんですけど、とうもろこしからスープを作りました」

「うん。これも美味い」と、関谷がスープを飲んで、うなずいた。

「材料がいいと、いつもと同じように作っても、やっぱり、美味しいですよね」

古関と関谷に温かく受け入れられて、幸希は、幸せだな、と心の中でつぶやいた。

働くのがこんなに楽しいなんて初めてだ。お祖父ちゃんの言う通り、僕は、バイト先に恵まれたなぁ。

「古関さんって、本当にいい食べっぷりですよね。……彼女さんがいたら、料理の作り甲斐があるでしょうね」

幸希に他意はなく、一般論として述べたのだが、一瞬で、古関の気配がかわった。

箸を置き、幸希を正面から見据え、冷たい声で言った。

「俺は、結婚する気はあるけど、彼女を作る気はない。結婚するなら、見合いで、しっかりした人を選ぶつもりだ」

古閑が冷ややかな目をしたまま、尖《とが》った声で言った。

僕、古閑さんの気に障るようなこと、言っちゃったんだろうか？

関谷さんなら、結婚は見合いで……っていうのも納得できる。だけど、古閑さんみたいに自由な人が、見合いがいいって言うのは、恋人を作ること――恋愛――に対して否定的で、そうなる原因があったに違いない。

幸希は知らないとはいえ、他人を傷つけたことに愕然とする。

「ご、ごめんなさい。余計なことを言いました」

小さくなって幸希が謝ると、関谷が、「古閑」と、小さな声で制するように言った。

関谷の声に、夢から覚めたように、いつもの古閑に戻る。

「あ、あぁ……。別に、怒ったわけじゃない。ただ、恋愛や結婚は、話題にしないでほしい。そう、あらかじめ言っておけば良かった。すまない、俺が悪かった」

「はい……。僕も、本当に、すみませんでした……」

古閑と幸希が謝罪しあう。しかし、それで雰囲気が元に戻ったわけではない。

幸希が、一方的に落ち込んで、うまく喋れなくなってしまったのだ。

他人に嫌がらせをされるより、自分が誰かを傷つけてしまう方が、幸希は落ち込んでしまう。すっかり意気消沈した幸希に、古閑と関谷が顔を見合わせる。

「どうした、幸希」

「ちょっと……自分の無神経さに、落ち込んじゃっただけです……」

「高嶺君、古閑はもう、気にしてないから」

「そうだぞ。そもそも、幸希が落ち込む理由はないんだ。俺が悪かったんだから」

「はい……。ありがとうございます」

うなずきながら、口に運んだビールが苦かった。

古閑さんも関谷さんも、僕に、こんなに気を遣ってくれてる。だから、僕のことを嫌ったわけじゃない。

嫌われていない、とわかると、少しだけ呼吸がしやすくなった。

あぁ……駄目だな。僕は、本当に、他人に嫌われることが、怖い。嫌われたかも、と思うだけで不安で震えそうになる。

そして、これまでの経験で、幸希は、嫌われたかもしれないと、いじけた態度でいることの方が、いっそう事態が悪化することを学んでいた。

「ごめんなさい。僕、一度落ち込むと、浮上するのに時間がかかるんです。しばらくすれば、元に戻りますから」

無理に笑顔を作って幸希が椅子を立つ。

自分が使った食器を片付けようとした手を、古閑に掴まれた。

「まだ食事は終わってない。ここに座って待っていなさい」

強く言われると、幸希は逆らえない。

おとなしく椅子に座り直すと、古関が席を立ち、そのままキッチンへ向かった。

「関谷、ちょっと来てくれ」

古関に呼ばれて。関谷が席を立つ。古関がカウンター越しに関谷にフォークと小皿を渡し、紙箱を持って戻ってくる。

「お土産《みやげ》だ。落ち込んだ時は、旨いものを食べるに限る。幸希の飯は旨いけど、幸希が作ったものだからな。こういう時は、他人が作ったものがいい」

古関がケーキの箱を開けた。中から、茶色のケーキが現れる。

「これは、ガトーバスクといって、アーモンド入りのクッキー生地の中に、ダークチェリーとカスタードを入れて焼いたものだ。試作品だから、忌憚《きたん》ない感想を聞かせてくれるとありがたい」

古関が茶目っ気たっぷりにウィンクし、こぶりのケーキを、さくさくとケーキナイフで切り分ける。四等分して、そのうちの一片を皿に載せ、幸希の前に置いた。

ケーキは、ガレット生地に挟まれて、底から三分の一がダークチェリー、残り三分の二がカスタードクリームの二層になっていた。

「……いただきます」

ガレット生地とダークチェリー、カスタードを、幸希は一度に口に入れた。

初めて食べるケーキだが、素朴でどこか懐かしい味がした。

「美味しいです。カスタードの甘さとダークチェリーのほのかな酸味がいいです。ガレットがサクサクしてて、クリームが滑らかで、食感まで楽しめて……すごいです」

「幸希は、本当に舌がいいなぁ。幸希がそう言うなら、これも大当たり間違いなしだ」

「そうだな。これから、高嶺君に新商品の試食をお願いしたいくらいだ。……しかし、ケーキに飲み物がビールというのは合わないな。少々待ってくれ。コーヒーを煎《い》れよう」

関谷が腰を浮かすと、古閑がすかさず制止した。

「俺がやる！　幸希、コーヒーと紅茶、どっちがいい？」

「えっと……。紅茶でお願いします」

「よし！　アッサムとダージリン、どっちがいい？　あぁ……っと、その前に、ミルクティーとレモンティーと、ストレート、どれにする？」

「ストレートがいいです。紅茶は、よくわからないので、種類はお任せします」

「ストレートのダージリンだな。ちょうど、いい茶葉があるんだよ」

朗らかな声で言うと、古閑がキッチンに舞い戻る。

「古閑さんは、本当にいい人ですね。僕、いつの間にか、元気になりました」

「あぁ。古閑は、そういう奴だよ」

幸希が古閑を褒めると、関谷が嬉しそうに微笑した。

関谷さんも、古閑さんの、その場にいるだけで人を元気にするところが好きなんだな。

ややあって、古閑がキッチンから戻る。白地にグリーンで模様が描かれた、綺麗なカップを幸希の前に置き、ガラス製のティーポットから紅茶を注いだ。

「どうぞ」

明るい声に誘われて、幸希がティーカップに手を伸ばす。カップを口元に持ってくると、マスカットのような芳香がふわりと鼻腔《びこう》を掠《かす》めた。

「良い香り……。いただきます」

紅茶は口当たりが良く、なんとも言えずまろやかで、とても美味しい。

それだけではない。紅茶を飲むと、幸希の胸がほわりと温かくなって、そこにあった自己嫌悪の塊が、すうっと溶けて、消えていった。

お祖父ちゃんの作ったご飯を食べた時みたいだ。頑張ろうっていう気持ちになれる。

「美味しいです。すごく……古閑さんが、僕のためを思って、紅茶を煎れてくれたんだって、わかります。ありがとうございます。おかげで、僕、元気になりました」

自然と笑顔になった幸希が、ガトーバスクを頬張る。

絶妙にマッチした甘さと酸味が口の中に広がると、幸希は胸が震えるような、嬉しすぎて涙が出てしまいそうな、そんな気分になっていた。

翌朝、土曜日。八時に目覚ましが鳴った。

幸希が目を開けると、真っ先に古閑の顔が目に入った。

「！」

息を呑み、幸希が状況を目で確認する。幸希が体の右側を下にして横向きに寝ていて、その幸希に向かい合う姿勢で、古閑が横向きで寝ている。

ついでに、古閑の右腕が幸希の背中に伸びていて、昨日と同じように、幸希は古閑にゆるく抱かれている状態であった。

……あぁ、やっぱり。古閑さんのペットをする間は、いつもこうなるって覚悟しよう。

とうとう幸希は、諦めに似た悟りをひらいた。

それに、抱かれても嬉しくはないが、昨日ほど嫌でもない。

古閑さんは、ペットとの短い蜜月《みつげつ》を、全力で満喫しているだけなんだ。一週間――もう二日過ぎたけど――の間、それにつきあうくらい、たいしたことじゃない。

幸希は苦笑しながら古閑の腕から抜け出して、朝食の支度をはじめた。

今日の朝食は、塩鮭と、だし巻き卵、昨晩のうちに作った浅漬けに、とろろの冷たいお味噌汁、ほうれん草のおひたし、そして、クレソンとトマトのサラダであった。

「旨そうだなぁ」

幸希より、やや遅れてキッチンにやってきた古閑が、できあがった料理を嬉しそうにのぞき込み、歓声をあげた。

「塩鮭！　わざわざ、俺のために買ってきてくれたのか？」

「はい。ご要望があれば、おにぎりにしますよ」

「う……ん。いいや、今日は、このままいただくとする。これから、洗濯機を回すけど、洗濯物はある？」

「それくらい、僕がやりますよ」

「幸希は料理に専念しててくれ。早く飯を食って、お祖父さんのお見舞いに行こう」

古閑はベッドのシーツを取り替え、洗濯機を回すと、今度はダイニングスペースに来て、カウンター越しに、料理する幸希の姿を見ていた。

幸希が何をしていてもいい。生きて、ここにいるだけで充分だ。

古閑の目や態度が、そんなふうに言っているようだった。

そして、食事を終えると、ふたりはまだ寝ている関谷を置いてマンションを出た。

今日の古閑は、Vネックのアイボリーのカットソーに、グレージュのパンツという服装だ。カジュアルな服装の古閑は、スーツより活発な印象が強まっている。

「古閑さん、カジュアルも似合いますね」

幸希が素直に褒めると、古閑が満更でもない、という顔をする。

古関の運転する車に乗って、まずは、正道の見舞いに向かう。途中、花屋に寄り、古関が柔らかな色彩のガーベラをメインにしたアレンジメントを購入する。

そうして、古関とともに正道の病室へ行った。

「幸希、よく来たな」

「うん。お祖父ちゃん、こちら、僕の雇い主の古関さんだよ。古関さん、僕の祖父です」

「はじめまして。古関孝博といいます。こちらは、私からのお見舞いです」

人好きのする笑顔で古関が正道にアレンジメントを差し出す。

正道が体を起こし、アレンジメントを嬉しそうに受け取った。

「先日もお花をいただいたばかりなのに……。ありがとうございます」

幸希はパイプ椅子を古関に勧め、その間に、洗濯物を紙袋に入れ、新しいタオルや着替えを床頭台にしまう。

古関は、きびきびと立ち働く幸希と正道を見ていたが、ややあって、口を開いた。

「幸希君とお祖父さんは、手が似てますね。特に、爪《つめ》の形がそっくりだ」

幸希は、母の静佳に似ていたが、正道に似ていると言われたのは初めてだった。

「本当？　お祖父ちゃん、手を見せて。……あぁ、本当だ。そっくりだね」

祖父と自分の共通点を見つけて、幸希の声が弾んだ。

正道もまた、同じ気持ちだったらしく、相好を崩して自分と幸希の手を比べている。

そんなふたりの姿に、古閑が目を細めた。

「おふたりは、とても仲が良い。幸希君の素直なところや真面目なところは、きっと、お祖父さんと亡くなったお祖母さんが、たっぷりと愛情を注がれたからでしょうね。……素晴らしいと思います」

「いやいや、そんな。しかし、古閑さんは幸希のことを、随分と高く買ってくださっているのですなぁ。ありがとうございます」

深々と正道が頭をさげる。

幸希は、目の前で古閑に褒められて、照れ臭いながらも嬉しかった。

「これから、幸希君と一緒に遊びに行く予定なんですよ。季節もいいですし、江ノ島《えのしま》に行こうと思っています」

「江ノ島……ですか？」

聞き返す正道の表情が、ふっと曇った。

幸希もまた、江ノ島と聞いて、胸がぎゅっと摑まれたように痛む。

「えぇ。何か問題でも？」

「いや……幸希がいいなら、私は何も」

正道に水を向けられて、幸希は、とっさに『行きたくない』と、答えそうになった。

江ノ島からほど近いエリアに、かつて、幸希は住んでいた。

静佳の不倫が判明する前、何度も家族三人で江ノ島に遊びに行った。

江ノ島は、幸希にとって幸せだったこども時代と、それを喪失した象徴であった。

僕は、行きたくないけど……古閑さんは、きっと江ノ島に行くのを楽しみにしている。古閑さんをがっかりさせたくない。

「僕は、構いません」

明らかに気乗り薄げに幸希が答えると、古閑が眉を寄せた。

古閑は何か言いたげだったが、結局は口を閉ざした。

それから、二十分ほど当たり障りのない話をして、ふたりは病室を後にした。

再び古閑の車に乗る。幸希は、これから江ノ島に行くのかと思うだけで、ため息がこぼれ落ちそうだった。

「――さてと、ここから江ノ島まで、渋滞含めて二時間ってところか。途中、腹が減ったら、どこかで適当に昼飯を食べよう。幸希は、何が食べたい？」

「なんでもいいです。今はまだ、お腹いっぱいで」

「それじゃあ、少し遅くなるが、江ノ島で食べよう。やっぱり生シラス丼かな。ちょっと足を伸ばせば、新鮮な魚貝が売りの店もたくさんあるし、そっちにするか？」

食べることが好きな古閑が、笑顔で提案してくる。

「お任せします。古閑さんが選んだお店だったら、どこでも美味しいでしょうし。……できれば、新しくできたお店がいいです。江ノ島には、昔、行ったことがあるので」

「わかった。新しい店だな」

「あと、ソフトクリームが食べたいです。仲見世通りの適当なお店でいいので……」

観光地のソフトクリームなんて、どこで食べても同じような味だ。グルメの古閑が喜ぶような食べ物でもない。

だから、幸希は断られることを予想していたのだ。しかし、古閑は、「いいよ」と、即答した。

「本当に、いいんですか？」

「もちろん。俺は幸希の飼い主なんだから、かわいいペットの要望は、全力で叶《かな》えるさ」

「ありがとうございます！」

力強い古閑の返事に、幸希の声が弾む。

江ノ島に行くのは気が進まなかったが、それでも、行く覚悟をした途端に思い出したのが、ソフトクリームだった。

外で食べ歩きなんてみっともない、という父親だったが、ソフトクリームだけは例外で、幸希がねだると必ず食べさせてくれた。

甘くて冷たいソフトクリームは、幸希の失った幸せ、そのものだった。

そして、渋滞に遭いながら車は進んでゆく。戸塚を過ぎたあたりで、一度コンビニで休憩を取ることになった。

「すっかり喉が渇いたな。すまないが、飲み物を買ってきてくれないか？」

お使いを頼まれて、断る幸希ではない。コンビニで古関のリクエストのミネラルウォーターと、自分用に緑茶を買って車に戻る。

「ありがとう。……じゃあ、行くか」

車が走り出し、幸希がカーナビの画面に目をやると、経路が変わっていた。

いぶかしみつつカーナビを凝視すると、酔いそうになったので、慌てて幸希は正面を見て、緑茶で喉を潤した。

これまでの道中は、学生時代、世界中を放浪していたという古関から、その土地であったエピソードや、綺麗な風景、美味しかった食べ物の話などを聞いていた。

「日本に帰ってきて、いくつか、無性に食べたくなるものがあったんだ。場合によっては、食材から輸入しなくちゃいけなくて。どうせなら、と多めに輸入して、友人・知人にご馳走するうちに、口コミで広がって、会社設立って流れだ」

「すごいですね」

「貯金もあったし……関谷の母親が、随分と俺のことを買ってくれて、出資した上、取引先も紹介してくれた。俺は、自分の食い扶持《くぶち》さえ稼げればいいと思っていたけど、それじゃもったいないと言って、関谷が――あいつは親父《おやじ》さんの意向もあって――商社勤めだったんだが、会社を辞めて、俺の秘書になったんだ」

「関谷さんは、商社に勤めてたんですか！　そういう感じがしますよね」

こんなふうに、さりげなく、古閑は自分の過去を幸希に語っていた。

少し不自然さも感じたが、話自体は面白かったので、幸希は楽しく聞いていた。

しかし、コンビニに寄ってから、古閑は、ぱたりと無口になっていた。

どうしてだろう？　いぶかしむ幸希であったが、理由は、すぐにわかった。

車が、江ノ島への表示を無視して進んだからだ。

「このまま行くと……僕が前に住んでいたところに着く……？」

「幸希の実家にお邪魔しようというんじゃない。通っていた小学校とか幼稚園とか……昔住んでた町を見れば、幸希が喜ぶんじゃないかと思ったんだ」

「いつの間に、僕のことを調べたんですか？」

「幸希に会ったその日から。最初は、幸希が、どこの誰か知るのが目的だったんだが……、その報告書に、幸希の元の住所も書いてあった」

「古閑さん……、僕のこと、どこまで知っていますか？」

幸希はオープン前のカフェでは、祖父母に引き取られたことを、『家庭の事情で』としか伝えていなかった。

「ご両親が離婚した理由と、なぜ、幸希がお祖父さんに引き取られたか……。ご両親の現在の状況も、だいたいは把握している」

「そんなことまで？　僕もお祖父ちゃんも、今、両親がどうしているのか、知らないんですよ」

「報告書を読むか？」

古関が赤信号で停車したタイミングで、グローブボックスから茶封筒を取り出した。

幸希は封筒を受け取ると、緊張しながら封を開けた。

報告書は至ってシンプルで、要領良くまとめられていた。

母は、かつての浮気相手だった今の夫との間に、妹と弟を産んでいた。

父の早川《はやかわ》勲は、五年前に子持ちの女性と再婚していた。相手の女性は配偶者とは死別ということで、夫婦仲はすこぶる円満らしい。

連れ子は娘で、現在、私立中学の二年生。勲との仲は良好で養子縁組もしている。

そうか。ふたりとも、新しい家族と幸せに暮らしているんだ。

良かった。と、思った瞬間、僕がいないのに？　と思い、すぐにそれは、僕がいないから幸せなの？　という問いにかわった。

あぁ、僕は……本当に、両親にとって、いらない子だったんだな。

両親揃《そろ》って、幸希のことは祖父母に任せきりだった。祖父母に引き取られてから、一度として、養育費の支払いも、手紙も、電話さえもなかったのだ。

知らない間に、弟や妹が、三人も増えていたことも、幸希にはショックであった。あまりにも衝撃が強く、涙さえ出なかった。心が鈍く固まって、凍りつく。

「僕、ひとりっこだと思ってたんですけど、妹や弟がいたんですね……」

「知らなかったのか？」

「はい」

「それは……。すまなかった。報告書を、幸希に見せるべきじゃなかった」

「いえ、いいんです。いずれ、知ることでしょうし。もしかしたら、一生、知らなかったかもしれないけど……」

答えながら、幸希の額がずきずきと痛み出した。目眩《めまい》がしそうな、吐き気が込みあげるような、大声でわめきたいような。強い感情が嵐《あらし》のように幸希を襲う。

「そろそろ、幸希が昔、住んでいたあたりに着くが……。寄らずに、江ノ島に直行するか？　それとも、家に帰ろうか？」

「いえ。……このまま、行ってください」

そう答えた時、幸希は、まだ父への未練――葛藤《かっとう》――があった。

お父さんは、もう、僕をいない者として、生活してるんだ。僕も、完全に、両親はいないと思った方がいいんだろうな。

でも……最後に、幸せだった頃に住んでいた家を、見たい。お父さんに会えなくてもいいから、家族三人で暮らしていた頃の思い出と、きちんとお別れしたい。

千々に乱れる思考をまとめれば、こういう心境であった。

かつての自宅に近づくにつれ、幸希は、当時のことを鮮明に思い出していた。

父親は仕事人間で、休日はゴルフか、家にいても書斎にこもってばかりで、幸希とあまり遊んでくれなかった。母親は、こどものことより自分が大事で、褒めたりかわいがるより、気に入らないことがあると、感情的に怒鳴ることが多かった。

それでも僕は、あの頃、幸せだった。幸せだと、信じていた。

心からつぶやいた時、幸希が住んでいた家が見えてきた。

家は、古びてはいたものの、かわりなくそこにあった。

二階の南側、かつて幸希の部屋だった窓が見える。

古閑が幸希の自宅の前に停車した。幸希は車を降り、古閑も後に続く。

夢遊病者のように幸希が足を進める。

あぁ……庭が……すごく綺麗になってる。前は雑草は生えてませんって感じだったけど、今は、バラや紫陽花《あじさい》が綺麗に咲いてる。再婚相手の人が、心を込めて、庭の手入れをしてるんだろうな……。

庭を見ただけで、幸希は、父が今、とても幸せなのだとわかった。

ブロック塀に埋め込まれた表札に、幸希がそっと手で触れる。

表札には、早川勲という文字と、真美《まみ》、そして真心《まこ》という名前が記されている。

ここは、もう、僕の家じゃない……。

悲しくて寂しいけれど、それでも、父が幸せならそれでいい。そう思う。

今は、お父さんが幸せで嬉しいとまでは思えないけど……いつかは、そう思えるようになりますように。

幸希が心の中でつぶやくと、玄関の扉が開いて、育ちの良さそうな少女が姿を現わす。

「……うちに、何か用ですか？」

うちに、と、とても自然に少女──真心──が、言った。

幸希は胸が引き裂かれたように痛んだが、必死で平静を装った。

「いいえ。庭の花が綺麗だったので……。つい、近くで見たくなってしまって。ごめんなさい。気を悪くしましたよね」

幸希が謝ると、真心が小さく首をふった。

「真心、玄関で何をしてるんだ？　お客さんか？」

玄関から男の声がした。

お父さんの声だ……！

込みあげる懐かしさに胸が震えた。けれども、同時にいらない、と言われたのに、ここにいる疚しさと、父が自分が息子とわかるだろうかという不安が湧《わ》きあがる。

そして、真心の背後から、勲が顔をのぞかせ、目を見開いて幸希を見つめた。

「――幸希、か？」

「…………」

幸希は、答えようとしたが、声が出なかった。なぜなら、勲の顔が、驚きから怒りへと、みるみるうちに変化したからだ。

お父さんは、僕が、ここに来たことを、怒っている。

「真心、おまえは家に入っていなさい」

厳しい声で言うと、勲が真心を庇《かば》うように玄関から出てきた。そのまま真心を扉の向こうに押しやると、改めて幸希を睨《にら》みつける。

「今更、何しに来た？　ここは、おまえが来て良い場所じゃない！」

「あ、ご、ごめんな、さい……。僕、ここにお邪魔するつもりはなくて……。ただ、近くに来たから、懐かしくて寄ってみただけで……」

もつれる舌を必死で操り、幸希が勲に弁解する。

懐かしい父は、全身で幸希を拒絶していた。

もちろん、歓迎されるとは思っていなかった。それでも、予想外に強い怒りに晒《さら》されて、幸希はすっかり萎縮してしまう。

「言い訳はいい。さっさとここから立ち去れ！　二度と顔を見せるな。俺の幸せを、お願いだから、壊さないでくれ‼」

勲の悲痛な叫び——幸せな家庭を壊されたくないという本音——を聞いて、幸希は、もう、完全に自分が父にとって不要な存在だということを、理解した。

今のお父さんには、きっと、僕が化け物みたいに見えてるんだ。今の奥さんと娘さんに僕が危害を加えると思って。僕は、そんなこと、しないのに………！

目頭が熱くなり、自然と幸希の目に涙が滲《にじ》んだ。よろめきながら車に戻ろうとする幸希を、古関の腕が抱き留めた。

幸希の肩をしっかりと抱き寄せると、古関が勲に鋭いまなざしを向けた。

「早川さん、では、あなたのかわりに、俺が幸希を貰います」

「……はぁ？　おまえは誰だ？　他人のくせに、家族の話に口を挟むな！」

「おかしいですね。あなたはさっき、幸希を拒絶したのに、貰うと言うと家族と主張する。矛盾してますね。それに、俺は他人じゃない。幸希の、飼い主だ」

堂々と、朗々と。古関が、真実ではあるが、誤解を招く物言いで返す。

「飼い主……!?　おまえは、何を言ってるんだ？　幸希は、犬や猫じゃないんだぞ？」

「そう、確かに幸希は犬でも猫でもない」

幸希の肩に置かれた古関の手に、力がこもった。

「たとえ犬や猫であっても、一度拾ったら、責任を持って最期まで飼うものだ。それなのに、あなたは、実の息子に対してなんと言った？　二度と顔見せるなと、切って捨てたんだ。ペットを玩具《おもちゃ》がわりにして、簡単に捨てる飼い主のようにな」

古閑は、勲が幸希に言った言葉に、真剣に憤っていた。

勲は古閑の剣幕に気圧《けお》されたか、一言も返せずにいる。

「幸希が、あなたに何をした？　いつ、幸希があなたを傷つけた？　この子が、そんなことをできる子じゃないのは、他人の俺だって知っている。そんなこともわからないあなたは、幸希の父親失格だ」

圧力さえ感じる声で、古閑が勲に迫り、そして断言した。

あぁ……古閑さんは、僕を、こんなに大事に思ってくれてる……。僕がどういう人間か、お父さんより、わかってくれている。ありがとう、古閑さん。

幸希が古閑の腕にぎゅっとしがみついた。

そのタイミングで、隣家から、ひょっこりと初老の女性が姿を現す。

「随分と騒がしいですけど、どうしましたか？　あら、まぁ。幸希ちゃんじゃない！　すっかり大きくなって……。元気だった？　お父さんのところに遊びに来たの？」

「いいえ、たまたま通りかかっただけで、すぐ帰ります。行きましょう、古閑さん」

幸希が声をかけると、古閑がうなずき返した。

「早川さん、幸希には、二度とここに近寄らせません。あなたも、幸希を傷つけるだけな

ら、今後一切、幸希に近づかないでください。幸希の保護者は、この俺だ。あなたは、その権利を自ら放棄したのだから、文句は言わせませんよ」

厳しい声で啖呵《たんか》を切ると、古閑は、幸希を抱いたまま歩きはじめた。

幸希は、父親から——いたたまれない場所から——離れてほっとした。その途端、涙がとめどなく溢れてきた。

「ごめ、ん、なさい……。こんなところで、泣いちゃって……」

「いいんだ。実の親にあんなこと言われたら、泣きたくなるのも当然だ」

憤懣《ふんまん》やる方ない、という口ぶりで古閑が答えた。

古閑は、まるで自分のことのように怒っていた。

車に戻り、人目がなくなったことで、幸希の涙が止まらなくなった。助手席に座る幸希の肩を、古閑が抱き寄せる。

幸希は抱き寄せられるままに、古閑の胸に顔を埋めた。

あぁ……僕は、この人になら、一生飼われてもいい。

古閑の体温に包まれて、幸希の胸にそんな言葉が降りてきた。

飼われてもいいと思った瞬間から、古閑のすべてが、大切になった。

十分ほどで涙は止まったが、その間、古閑は黙って幸希を抱いていた。

「……もう、大丈夫です。ありがとうございました」

「そうか。無理するなよ。辛くなったら、すぐに言ってくれ」

古閑は、名残惜しげに幸希から手を離すと、ハンドルを握った。

それから江ノ島までの道のりは、幸希も古閑もほとんど会話をしなかった。

幸希は腫《は》れたまぶたにペットボトルを押し当てて、目を閉じてシートに寄りかかる。

目を閉じていても、古閑が自分に注意を向けているのが、なんとなく伝わってくる。

「古閑さん、ありがとうございます」

「……何がだ？」

「僕が、父と決別する機会を与えてくれて。父にはっきり嫌われてるとわかったら、腹がくくれたというか……嫌われてるかもと不安でいるより、気が楽になりました」

「そうか？　だったらいいんだが……。俺は、余計なことをしたかと、後悔していた」

「いえ、本当に、良かったです。むしろ、古閑さんがいてくれたから、泣くだけ泣けましたし、なにより、僕を庇ってくれたのが、嬉しかったです」

そう言って、幸希が息を吐いた。

あの時、古閑さんが僕を庇ってくれたから……僕がどういう人間か、ちゃんとわかってくれていたから……僕は、こんなに早く吹っ切れたんだ。

数日しかつきあっていない古閑さんにわかったことが、お父さんにはわからなかったことは悲しいけれど、でも、しょうがないことだ。

「結局、僕と父……いえ、両親とは、相性が良くなかったんでしょうね」

古閑さんが僕のことを理解できたのは、古閑さんと相性が良かったから。

お父さんが僕を理解できないのは、お父さんと相性が悪かったから。

僕とお父さんの、どちらが悪いわけじゃない。誰も、何も悪くない。ただ、もう……本当に、相性が良くなかっただけなんだ。

ふいに、そんな考えが幸希の頭をよぎった。

そんなふうに思うと、わずかだが心が軽くなる。

僕がこんなふうに考えられるのは、古閑さんと出会えたからだ。相性が良いってことがどういうことかわかったから。良いがわからないと、悪いもわからない。

古閑さんのおかげで、僕は、お父さんとの相性が悪いんだってことを、初めて素直に認められたんだ。

大きく息を吐いて、幸希はペットボトルを目から外した。

「いっぱい泣いたら、喉が渇いちゃいました」

幸希がすっかりぬるくなった緑茶を飲み終えた時、古閑が民間の月極駐車場に車を進入させ、そのまま空きスペースに車を停めた。

「こ、古閑さん！　こんなとこに停めちゃって、いいんですか？」

「ここは、俺の店の江ノ島店が、来客や納品時に契約しているスペースだ。今日は土曜日で、納品も打ち合せもない。つまり、俺が使っても問題はない。視察という名目で、あらかじめ、店長に使用許可は貰っている」

言われて見れば、目の前に、アバンダンティア・江ノ島店の看板があった。

店は、観光地ということもありこぢんまりとしていて、ドリンクやソルベ、アイスクリームのテイクアウト客がメインのようであった。

店内は混み合っていたが、古関が姿を現すと、すぐに年配の男性がやってきた。

「社長、お待ちしておりました。どうぞ、こちらの席へ」

「店長、忙しい時に、邪魔してすまない。ドリンクを飲んだら、すぐに出るから」

「そんなこと言わずに、ゆっくりなさってください。従業員はバイトも含めて、みんな、社長に声をかけてもらうのを、楽しみに待ってたんですから」

店長の言葉を示すように、店員たちは、さりげなく古関に注意を向けている。

女の子はわかるけど、男の人も見てる……。あの表情には、見覚えがある。そうだ、高校の時の同級生が、部活の憧れの先輩について話している時に似てるんだ。

その瞬間、幸希の胸が、きゅっと締めつけられた。

胸が痛くて、もやもやする。僕にとって、古関さんは特別な人になりつつあるけど、僕と同じように古関さんを慕っている人は、たくさんいる。

関谷さんの入れ込みっぷりからしても、そんなこと、わかっていたはずなのに。

どうして、僕は、こんなにショックなんだろう。

「……どうした、幸希。浮かない顔だな」

予約席はふたりがけのテーブル席で、正面に座った古閑が、幸希の顔をのぞき込む。

「古閑さんは、同性にも好かれるタイプなんだなぁと思って。……古閑さんが僕をペットに選んでくれたのは、すごく幸運なことだったんですね」

言いながら、幸希は、自分がすでに、名前にふさわしい幸運を手にしていたことに、初めて気づいた。

幸せっていうのは……手に入れていても、わからないもの、なのかもしれない。手にしたものの価値がわかって、初めて幸せを実感できるんだ。

あぁ、僕は、名前負けしてると思ってたけど、本当は、そうじゃないのか。少なくともこれからは、そんなことはないという希望を持って、生きてゆける。

その瞬間、幸希は、まるで目隠しが外れたかのように、世界が輝いて見えた。

店内が、キラキラ光っている。なにより、一番輝いて見えたのは、古閑だった。

注文を済ませると、古閑が、「悪い、ちょっとバックヤードに行ってくる」と言って席を外した。

店内を移動する間も、古閑は、気さくに店員に声をかけている。

幸希は、古閑が戻るまでの間、極彩色になった景色を、瞳を煌《きら》めかせながら堪能した。

レジで会計を済ませる恋人同士の嬉しそうな顔を見て、自分も嬉しくなった。

好きな人と一緒にデートしたら、楽しいよね。大好きな人が、隣にいるだけで嬉しいけど、一緒に何かをするのは、もっと楽しいだろうし。

今までは、恋人同士を見ても、そこまで深く、考えたことはなかった。ただ、幸せそうだな、くらいにしか、思えなかったのだ。

幸希は、今、世界のすべてを祝福したい気分になっていた。

「どうした、幸希。随分楽しそうだ」と、戻ってきた古閑が、声をかける。

「楽しいっていうか……、すごく、幸せな気分です」

「それは良かった。幸希が幸せなのが、なによりだ」

幸希の幸福が伝染したかのように、古閑も幸せそうに微笑んだ。

古閑の背後には、ドリンクが載ったトレイを手にした店員がいて、幸希の前に、タピオカ入りのアイスティーを、古閑の前にブレンドを、そしてふたりの間に、粉砂糖をまぶしたピンクの立方体のお菓子が載った皿を置いた。

「……これは、なんですか？」

「トルコの伝統菓子で、ロクムというんだ。日本人向けに甘さを調節してある。うちの定番商品だが、匂いを嗅《か》いでみてくれ」

幸希がロクムにフォークを刺して、鼻先に近づけると、ふわりとバラの匂いがした。

「バラの香りのお菓子ですか!?」

「そう。ローズウォーターが入ってるんだ。バラは女性の美容にいいからな。バラを食べる……なんて、珍しくて面白いだろう？」

いかにも女性が好きそうなお菓子だ。そう思いつつ、幸希がロクムを口にする。

ロクムの断面は、淡いピンクで、中にヘーゼルナッツが入っていた。食感は、ういろうに近いが、トータルで考えれば、くるみゆべしだろうか。

「確かに、かなり甘いですね。でも、美味しいです。……うーん、どうせなら、バラの形のシリコンパッドを使えば、形もバラになって、もっと素敵になるかも」

幸希がなんの気なしに言うと、古閑が、目を軽く見開いた。ややあって、急に椅子から立ちあがると、古閑がフォークを握った幸希の手を握った。

「幸希！　そのアイディア、貰っていいか!?」

「え？　は、はい。もちろんです」

「商品開発部に、贈答用の商品として、提案する」

「僕のアイディアを、商品にするんですか？」

「そうだ」と、断言して、古閑が華やかな笑顔を浮かべた。

飲み物を飲み終えると、ふたりは店を出て、料理屋に徒歩で移動した。

古閑お薦めの海鮮丼は、生シラスはもちろんのこと、マグロやブリ、イサキ、タコ、エビが載っていて、ボリュームも満点だ。

「美味しい！　こんな新鮮なお刺身、久しぶりです」

頬を紅潮させる幸希を、古閑は蕩けそうな瞳で見ていた。

喜ぶ姿を見て嬉しい。古閑の表情がそう言っている。そして幸希もまた、古閑の嬉しそうな顔を見て、嬉しくなる。

昼食を食べた店は、観光地から少し離れていたので、腹ごなしもかねて仲見世通りまでふたりは並んで歩いた。

青銅の鳥居をくぐって仲見世通りに入ると、早速、古閑がソフトクリームを買った。

「これくらい、自分で払います！」

「いやいや、今日は俺と幸希のふれあいデーなんだし、俺が奢《おご》る」

そう言って古閑が幸希の手にソフトクリームを押しつける。

ソフトクリームを舐《な》めると、ひんやりとした甘さが、口の中に広がった。

「よかったら、一口どうぞ」

幸希がソフトクリームを差し出す。古閑はかがんで、幸希が手にしたソフトクリームにそのまま齧りついた。

「うん。美味い。こういうところで食べるソフトクリームは、なかなかいいものだな」

「ですよね！　僕、観光地でソフトクリームを見ると、わくわくするんです」

「縁日のリンゴ飴《あめ》や綿飴みたいなものか。やたら美味そうに見えるよなぁ」

そんな他愛《たわい》のない会話を笑顔で交わしながら、ふたりは江島《えのしま》神社に参拝した。

江島神社は、日本三大弁財天と呼ばれ、田寸津比賣命《たぎつひめのみこと》を祀る辺津宮《へつみや》、市寸島比賣命《いちきしまひめのみこと》を祀る中津宮《なかつみや》、多紀理比賣命《たぎつひめのみこと》を祀る奥津宮《おくつみや》の三社からなる。

ご神徳は海や水に関するものの他、財宝や招福、芸道上達、そして縁結びと幅広い。

参道を歩くうちに、最初の社、辺津宮に到着した。

鈴を鳴らし、賽銭《さいせん》を入れ、二拝二拍手一拝の後、ふたり並んで両手を合わせる。

手を合わせた瞬間、幸希は、カフェで見た恋人同士を思い出していた。

あんなふうに、いつまでも古閑と笑顔を交わせる関係でありたいと思った。

『どうか、古閑さんとずっとなかよくしていられますように』

そう祈願して、幸希は初めて、古閑がとても大事な人になっていることに気づいた。

僕は、古閑さんのことが、好きなんだ。雇い主とか友人とか、そういうレベルじゃなくて。親友や家族、……恋人のように、特別なんだ。

後に続く参拝客に場所を譲ると、古閑が軽い口調で尋ねてきた。

「随分と熱心だったけど、幸希は何をお願いしたんだ？」

「え？　えっと……その……」

正直に告げるのは、恥ずかしくて、とっさに幸希は本心に近い嘘をついた。

「恋人ができますように……です」

「へぇ。幸希は、恋人がほしいのか」

うっすら頬を染めた幸希の耳に、ひんやりとした古閑の声が届いた。

慌てて幸希が古閑の顔を見あげた。古閑は、昨晩、恋人について幸希が尋ねた時ほどではないが、明らかに不愉快そうな面持ちをしていた。

「恋人がほしくては、いけませんか」

「いけなくはない。意外だっただけだ」

「もしかして……僕のこと、嫌いになりました？」

古閑さんは、自分が恋人がいらないから、恋人がほしい人を嫌いなのかも……。そう考えて、幸希が重ねて古閑に問いかける。

「まさか。幸希を嫌いになんてなれない。俺は、ただ、幸希が……いや、なんでもない。この話は、もうやめよう。こんな場所でする話じゃない」

幸希を嫌いになれない、と言いつつも、古閑の態度は、どこか冷たいままだった。

釈然としないものを感じながらも、幸希は話題をかえることにした。

「……古閑さんは、何をお願いしたんですか？」

「世界中の人間が、腹いっぱい食えますように、かな」

大真面目に古閑が返すが、予想外の答えに幸希が大きな目を見開いた。

「会社を経営してるのに、商売繁盛じゃないんですか？」

「そっちは順調、健康だし、ペットロスの悩みもなくなったしな。それについての礼は、最初にしたぞ。神様、恵まれた人生を、ありがとう！　とね」

神社で感謝したという古閑の言葉に、幸希は意表をつかれたような、目が覚めるような、そんな気分になった。

僕もお礼を言った方が良かったかな。古閑さんと出会えて嬉しいのなら、ずっとなかよくしたいって願うより、こっちの方が先だったかも。

「僕、神社でお礼ってしたことないです」

「それじゃあ、次の中津宮で、礼をしてみればどうだ？　神社で礼を言うと、ぶわーっと本殿から風が吹いて、いい気分になるんだ。試してみるといい」

いつもの、快活な口調で古閑が答える。

幸希は安堵《あんど》しつつ、中津宮では、古閑に出会えた幸運を、神に感謝したのだった。


「それで、古閑さんの言う通り、神様にありがとうございますって心の中で言ったら、本当に、本殿の奥からふわって風が吹いてきたんですよ」

酒精に頬を染めた幸希が、正面に座る関谷に興奮気味に語っている。

関谷は、元気の良い幸希に面食らいながら、うんうんとうなずいていた。

そんな幸希を微笑ましく見守りながら、古閑は赤ワインのグラスを傾けていた。

……幸希が、恋人がほしいとはね………。

屈託なく笑う幸希は、まるで高校生のようだ。そして外見そのままに、無垢《むく》で純粋なオーラが古閑の目に映っている。

江ノ島では、神社に参拝する他、展望台にのぼり、稚児ヶ淵《ちごがふち》や岩屋なども見て回り、そのまま食事をせずに自宅に戻った。

途中、古閑家のリビングで読書にいそしんでいた関谷に電話をかけて、マンションと提携しているホテルのルームサービスで夕食――フレンチのディナーコースと単品で魚貝のグリル――の手配と、ついでにワインに合うつまみの準備を頼んでいた。

夕食を出前にしたのは、一日中外出して疲れた幸希を、台所に立たせたくなかったからと、幸希が夕食に〝自分では作れないもの〟をリクエストしたからだ。

幸希は、ワゴンとともに料理を配達してきたボーイを見て、目を丸くしていた。

『こ、古閑さん！　出前って……フランス料理のフルコースじゃないですか!!』

初めての経験の驚きと、贅沢に対する困惑。そして、美味しい料理を前にした期待に、幸希は、嬉しすぎて歩き回る猫のように落ち着かなくなる。

古閑がかつてつきあった女性に比べれば、よほどかわいらしい反応だ。

そして古閑は、そんなかわいらしいペットを得たことに非常に満足していた。はずだった。

しかし、幸希が『恋人がほしい』と祈願したと知ってから、不安が胸に宿っている。ずっと、幸希をペットとして手元に置いておきたいが、いつまで可能なのか。

恋人ができたら、俺より、その女を優先するだろうし。参ったな……。せっかく手に入れたと思ったら、もう、失う心配をしないといけないとは。

「展望台に初めてのぼったんですけど、すごかったです。高いところから海を見ると、海と空しか見えなくて、びっくりしました」

幸希は遠足帰りの小学生のように喋っては、ワイングラスに手を伸ばす。

おっかなびっくりというふうに、ガーネット色の液体を飲む。その姿も、古閑にとっては目に麗しく、幸希を自分だけのものにしたい、という思いが強まるばかりだ。

酔いもあり、衝動のままに古閑は、隣に座る幸希の肩を抱き寄せた。

「……古閑さん？」

とろんと潤んだ瞳が、古閑の顔を見つめる。無防備で安心しきった目と向けられるオーラは、古閑がほしいと思っていた、信頼の証《あかし》、そのものだった。

なのに、古閑は全力で喜べない。なんともいえない腹立たしさが心に居座っている。

「帰ってからずっと、幸希は喋りっぱなしだな。そんなに今日は楽しかったか？」

「はい。江ノ島観光も楽しかったですけど……古閑さんが、お父さんから僕を庇ってくれたことが、とても嬉しかったんです」

だったら、恋人がほしいなどと言わずに、ずっと、俺のペットでいればいい。

反射的にそう思ったものの、それを言ってはおしまいだ、という良識が、それを口にするのを押しとどめた。

「その答えは、俺に、心を開いたと思っていいのか？」

「はい。僕は、寝る時に、腕枕されても……、もう、嫌じゃない、です……」

頬を薄紅に染め、はにかみながら幸希が答える。そして、もう嫌じゃないという言葉が本当だと示すように、幸希が伸びをするように古閑に体をすり寄せた。

まさしく、かつてチャイが古閑にそうしていたように。

温もりも、ほんの少しだけ体重をかけてくるのも、チャイと同じだった。

懐かしさと歓びに、わずかにあった不快感が一瞬で吹き飛んだ。

「関谷、祝杯だ。ふれあいデーの大成功に、シャンパンを開けるぞ！　グラスの用意を頼む。俺は、シャンパンを持ってくる」

古閑は幸希の肩を抱いたまま立ちあがると、寝室のワインセラーへ移動する。

幸希は、胸に抱かれた猫さながらに、おとなしく古閑についてくる。

「幸希、白とロゼ、どっちがいい？」

「シャンパンはあまり飲んだことないので、わかりません」

「じゃあ、両方開けて、飲み比べよう。この機会に、味の違いを覚えればいい」

豪快にそう言い放つと、古関が白のボトルを幸希に渡した。

おっかなびっくり幸希がボトルを受け取り、古関はロゼのボトルを手に持った。

ダイニングに戻ってシャンパンのボトルをテーブルに置くと、すぐに古関は幸希の腰を抱えて引き寄せた。

「ふわっ！　こ、古関さん⁉」

「どうせなら、幸希を抱っこしながら飲みたい」

「えぇっ！」

驚きの声をあげながらも、幸希は断らなかった。それをいいことに、古関はリビングに移動すると、まず、自分がソファに座り、股《また》の間に幸希を座らせた。

「関谷、シャンパンをグラスに入れて、こっちに持ってきてくれ」

「はいはい。……随分とご機嫌だな」

答えながらも、すでに関谷はシャンパンを開封していた。

ポン、と小気味良い音がして、すぐに関谷がグラスをふたつ持ってきた。

「さあ、乾杯だ。幸希が、俺に心を許してくれた記念に」

古関がグラスを傾けると、幸希が小首を傾げ立ちあがった。それから、改めてラグにペたんと座る。

「こうしないと、危ないですから。……乾杯」

幸希のグラスが古閑のグラスに重なって、小さく澄んだ音をたてる。

シャンパンをこぼしてはいけないという心遣いはわかるが、腕の中に幸希がいないことが、無性に古閑は寂しかった。

すぐ目の前にいるのに、触れないとは……。なんて、味気ないんだ。

恨みがましい目でシャンパンを飲む幸希を見る。

「美味しい。それに、すごくいい香りです。こんなお酒が、世の中にはあるんですねぇ」

黄金色の液体をうっとりと見ながら、幸希が古閑の脚に寄りかかってきた。そのまま、太腿《ふともも》に頭を預けて、信頼しきった瞳を古閑に向けた。

「……っ！」

その、あどけなく無垢な表情に古閑が息を呑んだ。

なんて愛しい。と、古閑が心の中でつぶやく。

今まで以上に、幸希の一挙手一投足が、宝物のように大切に感じた。

誰にも、絶対、渡さない。幸希は一生、俺のものだ。

愛がなければ、俺は、生きていけない。そして、俺にとって、幸希は愛そのものだ。

「愛している、この世の、なによりも」

古関が、本心から幸希に囁《ささや》いた。幸希は、その言葉に目を瞬かせ、困ったような、なぜか寂しげな笑顔を返したのだった。


それから、正道が退院する水曜日までの間、幸希と古関は、べったりとくっついて過ごしていた。

関谷は、日曜日の朝に自宅に戻っていた。日曜の昼間から、食事や洗濯、掃除など、最低限の家事をする時も、古関と幸希は一緒に作業をした。

「古関さん、家事全般、できるんですね」

「高校からひとり暮らしだったから。やればできるけど、やらずに済むなら済ませたい」

「それ、僕も一緒です。でも、食器が溜《た》まると落ち着かなくて、つい洗っちゃいます」

「幸希は、偉いよ。俺は、放っておいて平気な質《たち》だ」

苦笑する幸希を、そう言って古関が褒める。

穏やかで、柔らかくて、優しくて。真綿でくるまれたような心地良い時間が過ぎてゆく。

家事が終わると、古関がソファに寝転がり、ぽんぽんと胸元を叩《たた》く。

「おいで。抱っこするから」

満面の笑顔で誘われて、幸希は恥ずかしさに顔を赤くしながら床に膝《ひざ》をつき、古関の胸元に頭を重ねた。

「ちゃんと俺の上に乗って」

「本当に、乗っていいんですか？　僕、人間だから重いですよ」

「試してみないと、重いかどうかわからないじゃないか」

古関の言葉に、おずおずと幸希が体を重ねた。それから、古関の胸に頭を預ける。

あ、古関さんの心臓の音が聞こえる……。

心の中でつぶやいた時、古関の手が幸希の背に回った。

「うん。いい。いいな……。温かいっていうのは、シンプルにいいことだ」

しみじみとした声に、幸希は祖母が亡くなった時のことを思い出していた。

呼吸が止まった瞬間、びっくりするほど急に、人、が、物、になったように感じた。だんだん失われてゆく温《ぬく》もりが、とにかく悲しく、幸希は泣くことしかできなかった。

温もりは、命そのものなのだと、その時実感した。

「僕も、そう思います」

古関の心音を聞きながら、幸希がまぶたを閉じた。

しばらくの間、そのままでいたが、古関がゆっくりと幸希の背を撫《な》ではじめた。

肩、そして肩胛骨《けんこうこつ》。大きく温かい手の愛撫《あいぶ》は心地良く、幸希はうっとりと息を吐く。

安心する……。まるで、こどもの頃に戻ったみたいに……。

安らぎ、脱力した幸希の脇《わき》に、古閑が手を差し入れる。

柔らかい皮膚――性感帯――を、指先でくすぐられ、幸希の腰が跳ねた。

「こ、古閑さん!?」

慌てて幸希が上半身を起こす。すぐさま古閑が幸希の背を抱き寄せ、体を密着させた。

幸希の心臓が強く脈打ち、体の奥が熱くなる。

「どうした、幸希？　急に離れて。もしかして、トイレか？」

「いえ、違います。ちょっと、その、びっくりしちゃって……」

「驚かせてしまったか。悪かったよ」

そう謝罪の言葉を口にすると、古閑が、幸希の額に口づけた。

唇の柔らかな感触に、幸希は息が止まった。

「嫌か？　チャイにはいつも、こうしていた。あいつは、俺が寝てると頬《ほお》ずりしてきたり、顔を舐《な》めて餌《えさ》をねだってたんだ。だから、お返しに、俺もこうしていた」

「そ、そうだったんですか」

「幸希にも、同じようにしたい。……駄目か？」

古閑はあくまでも下手に、切なげに掠《かす》れた声で幸希に頼む。

「……その……えっと………少しくらいなら………はい…………」

消え入りそうな声で幸希が答える。すると、古閑が小さいこどもを抱っこするように両手を幸希の尻《しり》の下で重ねた。

「んっ！」

尻に古閑の熱を感じて、幸希が息を呑《の》んだ。

心臓は、さっきからドキドキしっぱなしであったが、今度は下腹部に血液が集まりはじめてしまう。

僕、興奮してる？　古閑さんの手がお尻で重なってるだけなのに？

パニックのあまり、幸希の思考が停止した。石のように体を固くするうちに、古閑の右手が尻を撫で、そして、太腿《ふともも》に触れてきた。

下から上へ、ねっとりと撫でられて、幸希の体がいっそう熱くなる。

「……っ。……はぁ……っ」

息を止め、肩をすくめ、必死で感じないように試みる。

けれども古閑は、幸希のぴったり閉じた太腿のわずかな隙間《すきま》に手を入れ、脚のつけ根まで移動させ、そこを指先で辿《たど》りはじめた。

間の悪いことに、今日の幸希はジーンズではなく、薄手のハーフパンツを穿《は》いていた。布越しに古閑の指を感じた。その刺激に、幸希の性器が形をかえはじめる。

「古閑さん、あの……そこは、ちょっと……」

「ここは嫌か？　じゃあ、どこならいい？」

古閑がからかうような口ぶりで、幸希に尋ねる。

「そこ以外なら、もう、どこでもいいです」

「わかった。じゃあ、場所を交代しよう」

「え？　どういう意味ですか？」

古閑の発言の真意がわからず、幸希が聞き返す。その間に古閑は、幸希の下から抜け出した。そうして、幸希の太腿にまたがる。

幸希の全身を、古閑が舐めるように見ている。顔、鎖骨、上下する胸元、平らな腹部、そして股間《こかん》へ視線が移動した。

「……あれ、もしかして、幸希、勃《た》ってる？」

「っ。……っ……」

事実を端的に指摘され、幸希は恥ずかしさに声も出ない。

答えるかわりに、両腕を交差させて顔を覆った。

「ちょっとの刺激で、こうなるってことか……」

困惑したような古閑の声。幸希は、自分がとてつもない失敗をしたように感じて、泣きたくなった。

「ごめんなさい……」

「若い時は、ちょっと擦《こす》れただけで勃っちまうものだ。どうせなら抜いてやろうか？」

抜く……。抜くって、アレだよね？　僕のを、古閑さんが手で……！

そんなの、駄目。絶対に、駄目!!

「お、おおお、お断りします!!　それに、古閑さんも、チャイには、そんなこと、したことないでしょう？」

「チャイは雌だったからな。だが、幸希の体調管理に必要ならやるさ」

体調管理、という言葉に、幸希の胸が、悲しみで痛くなる。

悲しみに、すうっと幸希から熱が去っていった。股間の昂《たか》ぶりが鎮まって、かわりに、目頭が熱くなる。

「もう、大丈夫です。……萎《な》えました」

「そうか？　あぁ、本当だ」

ほっとしたような古閑の声。それにまた、幸希の胸が切り裂かれたように痛む。

古閑さんは、僕が人間なことが、本当は気に入らないのだろうか。そうじゃなかったら、僕が、男なのが嫌なのか。

でも、僕は男で人間だ。それは、どうやってもかえられない。そんなこと、承知の上で僕をペットにしているはずなのに。

僕が勃ったのが気に食わないのかな？　あんなふうに触られなければ、僕だって興奮したりはしないのに。

もう、あんなところを触らないでほしい。でも、二度と触られないのも、嫌だ。

幸希は顔の前で組んでいた腕を伸ばし、古閑に向かって差し出した。

「ん？　抱っこか？」

蕩《とろ》けるように甘い声で古閑が応じ、上体を倒して細い肢体に覆い被《かぶ》さる。

古閑のせいで痛んだ胸は、古閑の体温によって癒《いや》された。

どうしてだろう。僕が悲しくなるのも、嬉しくなるのも、古閑さんが原因だ。

古閑さんにふり回されているというより、僕が過敏に反応している。

どうしてだろう。

再び幸希が心の中でつぶやいた時、古閑が幸希の髪を優しく撫でた。

それだけで幸希の疑問は消え、哀しいかな、愛撫を受ける喜びで満たされていた。


月曜日の晩、帰宅した古閑は、幸希の満面の笑顔に出迎えられた。

「お帰りなさい」

ひたと古閑を見つめる幸希の瞳《ひとみ》は、古閑に会えた喜びで輝いていた。

真珠貝のオーラもまた、瞳と同じように輝き、嘘《うそ》偽りない喜びを古閑に伝えてくる。

……これだ。これなんだよ、俺がほしかったものは！

玄関先で立ち止まり、ぐっと拳《こぶし》を握り締める古閑の背を、関谷が平手で軽く押す。

「さっさと中に入れ。俺が入れない」

「ちょっと待ってくれ。今、幸希に出迎えられた喜びを噛《か》み締めているところだ」

「そういうのは、靴を脱いで、家にあがってからにしろ。迷惑だ」

親友ふたりの会話を、幸希が困り顔で聞いている。

その顔は、どうして僕を放っておくの？　と言ってるようにも、早く撫でて、と、語りかけているようにも見える。

愛《いと》しいペットのそんな表情を見て、黙っていられる古閑ではない。急いで革靴を脱ぐと、両手を広げ、幸希をハグした。古閑の胸に抱かれて、幸希の背中がしなる。

「ただいま！　俺がいなくて寂しかったか？」

「はい」

関谷がいるせいか、幸希が恥ずかしげに小さな声で答えた。それから、おずおずと古閑の背に手を回す。

望んだ通りの反応に、古閑がにんまりと微笑《ほほえ》んだ。

これでいい。これで。幸希はこうして、俺に愛玩《あいがん》されていればいいんだ。

恋人など、幸希にはいらない。そもそも、俺以上に幸希に愛を注げる人間など、この世にいないんだ。

「あぁ、もう、幸希はなんてかわいいんだ。愛してるよ」

蜜《みつ》よりも甘く、心から本心を囁《ささや》く。

「あの、関谷さんが、見てます……」

「関谷が見ていたからどうだっていうんだ？　ただ、幸希をかわいがり倒しているだけじゃないか。関谷は俺が幸希をかわいがっても気にしないぞ」

「…………そうですね」

つぶやくように言うと、幸希が古関から腕を離した。

「ご飯の支度、できてます」

「ありがとう。献立は？」

「古関さんのリクエストが、僕が普段作ってる料理だったので、キャベツと人参、しいたけのみじん切りを入れたピーマンの肉詰めがメインで、ホタテ缶と大根と水菜のサラダ、揚げ出し豆腐、下味をつけた長芋と海苔《のり》を交互に重ねてオーブンで焼いたもの、インゲンの胡麻《ごま》よごし、油揚げと小松菜のお味噌汁《みそしる》です」

「それは旨《うま》そうだ。幸希の細やかな愛情を感じる献立じゃないか。なぁ、関谷？」

「そうだな。……高嶺君は、本当に良くやっている。古関が羨《うらや》ましいよ」

関谷が早く食べたい、という顔で答える。

今日の関谷は、食事をしたら自宅に帰るというので、古関だけが着替える。その間、関谷は配膳《はいぜん》をし、幸希が料理のしあげをしていた。

　幸希の作る食事は、素朴だが丁寧でほっとする味だ。

　こういうのが、家庭料理……というんだろうな。

　美味《おい》しいものが大好きで、B級グルメから高級店まで食べ回っている古閑であったが、幸希の料理には、そのどれよりも心惹《ひ》かれた。

　俺は、こういう飯を、なにより食べたかったのかもしれない。

　古閑のために作られた優しい味の料理に、愛されている、と実感できる。

　これは、思わぬ副産物だった。愛するだけで、愛に応《こた》えてくれるだけで良かったのに。

　幸希から注がれる愛情は、なんて快いのか。

「長芋のオーブン焼きは、祖父の好物なんです」

「これは、俺も気に入った。ピーマンの肉詰めもヘルシーだ。これもお祖父《じい》様のために？」

「そうです。野菜で嵩《かさ》ましししてるんですけど、キノコを入れると旨味が増すから美味しくなるんです。それにこのタネ、パン粉をつけて揚げれば、メンチカツになります」

　笑顔で関谷と会話する幸希を、古閑が目を細めて見つめる。関谷に褒められて嬉《うれ》しそうな幸希はかわいらしく、古閑は、それだけでビールが旨くなる。

　どうやったら、幸希が恋人などいらないと思うようになるんだろうか？

問題は、それだけじゃない。昨日、幸希を撫でていたら、幸希が勃起《ぼっき》した。あまり生臭くない子だと思っていたけれど、やはり性欲はあるんだな。

俺が、幸希の相手をすれば、幸希は、恋人などいらないと思うんだろうか？

――いや、無理だ。俺は、たとえ幸希であっても、セックスは、したくない――

古閑は、セックスに対して、根強い拒否感がある。

そもそもの発端は、自らの出生によるものだった。

古閑の母は、高校時代、その地域の名門校に通い、同級生の古閑の父とつきあっていた。古閑の父は、地方の名家の跡取りで、すでに親同士が決めた許婚《いいなずけ》もいた。

だが、それを知っていて、なお、母は妊娠した。そうすれば、古閑の両親もふたりの仲を認めるだろうという目論見《もくろみ》だ。

発覚したのは、受験シーズンの直前で、その結果、古閑の母は実の両親――古閑の父の一族が経営する会社の社員だった――から堕胎するよう勧められ、拒むと勘当された。

頼りにしていた恋人は、父親から叱責《しっせき》されると、母をあっさりと捨てた。

古閑の母は、母方の遠い親戚《しんせき》を頼り、なんとか出産したものの、古閑が一歳になると、その遠縁の家からも追い出された。

そこから先は、よくある話だ。

東京に出て、古閑を託児所に預け、水商売で働きはじめた。店が休みの日などは、手作りのおやつも作ってくれたが、時間とレパートリーがないのか、普段はおにぎりとウインナー、卵焼きばかりだった。

それでも古閑は、母が大好きだった。しかし、その母も、古閑が三歳の時に、無理がたたって心不全で亡くなった。丸二日、母の遺体とアパートで過ごし、衰弱していた幼い古閑は、無断欠勤を心配し、アパートを訪れた母の同僚に救われたのだ。

古閑が、食べることにことさら執着しはじめたのは、この頃からだ。

故郷の祖父母は、古閑の父の一族をはばかって引き取りを拒否し、古閑は施設に預けられることになる。

施設育ちの古閑に転機が訪れたのは、十五歳の時であった。

古閑の父が、施設を訪れたのだ。

父の父——古閑の父方の祖父——が亡くなって、ようやく、実子に会えることができた、と、父と名乗った男が言っていた。

『お父さんと、一緒に暮らそう』

そう言った父親は、気弱ではあったが、性悪ではなかったのだろう。

しかし、当時の古閑は、父親より、よほど現実的であった。

『そんなことを言っても、あなたの奥さんは賛成していますか？　他のこどもは？』

古閑の問いに、父は黙り込んでしまった。そこで古閑は、

『俺に、生前分与と割り切って、まとまった金をください。大学を卒業するまでの学費と生活費さえ補償されれば、金輪際、俺はあなたの息子と名乗り出ません』

古閑の父は、冷静な息子の発言に悲しそうな目をしたが、今の生活に波風立たない申し出に、安堵《あんど》の表情も浮かべていた。

その時、古閑は、自分がどうして施設に入れられたか、その経緯を父から聞いた。

古閑の正直な感想は、母は、愚かだ、というものだった。

地方の名家が、高校生で妊娠するような考えなしな——打算的でもいいが——娘を嫁に迎えるわけはないと、どうしてわからなかったのか。

これにより、古閑は、婚前交渉というもの自体を、くだらないと思うようになった。

その下地があった上で、企業家として成功しつつある古閑に、なぜか母のように野心の強い女ばかりが近づいてきたのだ。

『今日は、安全日だから、生でしてもいいのよ』と、ベッドで囁かれ、古閑は萎えた。

頑《かたく》なにゴムを使用してのセックスを主張すると、恋人未満の女性が差し出した避妊具に、針で開けた穴を発見して、心が折れた。

性欲処理は、自家発電か専門店で。結婚は見合い一択。と、古閑が割り切るまで、そう時間はかからなかった。

古閑は恋人はいらないし、性交を匂《にお》わされるだけで、怖気《おぞけ》を覚える。幸希が触れられて勃ったことも、嫌悪というより、純粋に恐ろしかった。

かといって、幸希に触りたいし、独占したいのも本心なのだ。

幸希に性欲がなければ良かった。かわいい、かわいいと愛《め》でるだけで、俺は満足しているのに。幸希も早く、そうなってくれないだろうか。

埒《らち》もないことを考えつつ、ビールを呷《あお》る。すると、幸希の視線を感じた。

「あまり食べてないようですけど、料理、口に合いませんか？」

「まさか。旨いよ。ちょっと考え事をしていただけだ」

「それなら、いいんですけど。もし、体調が悪いのなら、言ってくださいね」

心配そうな目で見つめられ、古閑の全身を愛しいという感情が染め抜いた。

「俺のことを心配してくれるんだな。ありがとう。早く幸希をかわいがりたいし、晩酌は終わりにして、飯を食べるかな」

「お味噌汁を温め直してきます」

ほっとした顔で幸希が立ちあがり、キッチンへ向かった。

幸希を目で見送りながら、関谷が口を開いた。

「――高嶺君は、本当におまえに懐いたな。古閑を見ているあの子の顔、大好きでたまらないって書いてある。今時、あんなふうに純粋に他人を慕える子も珍しいんじゃないか」

「だろう？」

古関が得意げに答えると、関谷が視線をテーブルに向けた。

「俺も、恋人がほしいな。だが、いかんせん、もてないからなぁ……」

台所から戻ってきた幸希が、難しい顔をした関谷に問いかける。

「関谷さん、どうしたんですか?」

「いや、恋人がほしいけど、俺はもてないという話をしていたんだ」

「関谷さん、かっこいいですし、しっかりしてて優しいから、もてると思ってました」

意外だ、という顔で幸希が答える。

「そんなことを言ってくれるのは、高嶺君だけだ。どうも俺は、女性から敬遠されてね」

「早く、恋人ができるといいですね」

「そうだな。高嶺君に応援されたし、頑張らないと」

気のない声で関谷が答え、立ちあがった。

「邪魔者はこれで失礼する。見送りはいいから、ふたりは食事を続けてくれ」

背広を着ると、ビジネスバッグを手に関谷が廊下に消えた。

「じゃ、僕、片付けますので、古関さんはゆっくり食べててください」

すでに食事を終えていた幸希が立ちあがり、空いた皿を集め出した。古関も急いで食事を済ませ、茶碗《ちゃわん》を自ら食洗機にセットして、幸希を食休みに誘った。

リビングに移動して、ソファに座ってうつむく幸希のうなじを見ていたら、古関は、無性にそこに口づけたくなる。

「――あっ」

古閑の唇がそっとそこに触れると、幸希が肩をすくめ、身を固くした。

小さくなった体を抱き締めながら、古閑はうなじの匂いを嗅《か》いだ。

男の臭《にお》いなんか、不愉快なだけだが、幸希の臭いは好ましいな。

そんなことを考えつつ、幸希に覆い被さり、そしてソファに押し倒した。全身で幸希に触れ、熱を――生きているという証《あかし》を――感じるだけで、古閑の心が満たされた。

背を丸めた幸希を抱きながら、古閑が白いうなじに何度も口づけ、吸いあげ、そして舌で味を確かめる。

「古閑さん……。そこ、舐めるの、駄目……」

幸希が体を震わせながら、泣きそうな声で訴える。

「どうしてだ？　幸希のここは、甘くていい匂いがして、美味しそうなんだが」

「僕は、食べ物じゃないです。それに、まだ、お風呂《ふろ》に入ってないですし」

「……俺はそうしたいんだが。でも、幸希がどうしても嫌なら、やめようか」

幸希の肌を、古閑はもっと堪能《たんのう》したかった。とはいえ、羞恥《しゅうち》で真っ赤に染まったうなじを見れば、幸希が本当に恥ずかしがっているのはわかる。

その姿に、古閑は、土曜日、泣きながら自分にすがってきた幸希を思い出していた。

幸希は、あまりにも弱々しくて頼りなく、それ故に、愛しさが募った。

あんな幸希を見てみたい。泣くほど弱った幸希の髪を優しく撫で、慰め、幸希を守れるのは自分だけだという確信と幸福を、また味わいたくてしょうがない。

だが、追い詰めて泣かせたのが俺では、慰める前に、幸希に嫌われるだけだ。

……おかしいな。最初は、ただ、ひたすらこの子をかわいがりたいだけだったのに。どうして俺は、幸希の泣き顔を見たいだなんて、思うんだ？

疑問が古閑の心をよぎる。

まあ、いい。理由は、明日、移動中にでも考えよう。今は、幸希を溺愛《できあい》する時間だ。幸希と暮らせるのも、あと一日半。水曜日の朝までなんだし。

うなじを吸いあげるかわりに、幸希の肩に顎《あご》をのせ、背中から抱き抱える。

平らな腹部に右手で触れると、そのまま胸元へ撫であげる。そこから脇に、そして脇腹へと、楕円《だえん》を描くようにゆっくりと愛撫する。

「……ん、……っ」

幸希が息を詰め、時折、たまらないというふうに息を吐く。

「緊張してるみたいだな。撫でられるのは、気持ち良くないのか？」

「え……。その、…………普通…………です」

「チャイは、こうすると、喉《のど》を鳴らしたんだ。撫でるのには、自信があったんだが」

そうして古閑は、幸希の襟元へ指を移動させ、くっきりと浮き出た鎖骨を丹念になぞる。

そうしているうちに、幸希が尻をもぞもぞと動かしはじめた。

猫が、尻尾《しっぽ》を左右に揺らしているみたいだ。と、古閑は微笑ましく思う。

「どうした？」

「すみません、僕、トイレに行ってきます！」

幸希が大声を出すと、古閑の腕を押した。腕の中から抜け出すと、床に手をつき、這《は》うようにしてソファをおりた。

しばらくしてトイレから戻ってきた幸希は、古閑の足下にぺたんと座った。

「……髪を、撫でてください。頭を撫でられるの、好きなんです」

「いいとも」

幸希に甘えられて、上機嫌で古閑が幸希の頭に手を載せる。すると、幸希が古閑の太腿に頭を預けた。

「触るなら、こういうのがいいです。僕、まだ、ペット歴が短いので……オーバーな愛情表現は、慣れないんです」

「そうか。だったら、早く慣れるといいな」

「…………古閑さんは、僕を、どうしたいんですか？」

「どうしたいって……。ただ、かわいがりたいだけだ」

古閑から、幸希の表情は見えず、頭部と耳が見えるだけだ。古閑が髪から手を離し、幸希の耳を撫でると、細い肩が揺れた。

「かわいくて、愛おしい。幸希は、世界で一番大切なペットだ」

「………そうですか」

幸希が音をたてて息を吐く。まるで、ため息のように。

水曜日の朝、幸希は、古閑の腕の中で目が覚めた。

土曜日の晩から四日連続、腕枕《うでまくら》で眠っているので、この状態にも慣れていた。慣れたところで、今日で古閑宅でのバイトは終わりなのだが。

こうやって寝るのも、これで、最後なのか……。これから、どうするのか、古閑さんは、何も言ってこないし。

でも、連絡先は交換してるし、お祖父ちゃんと一緒にご飯を食べに行く約束もしてる。たぶん、これからも古閑さんは僕と会うつもりはあるんだろう。

幸希が携帯で時間を確認する。起床の時間まで、あと五分あった。幸希は、幸せそうに眠る古閑の頬に触れ、思い切ってそこに口づけをした。

甘い喜びが胸に溢《あふ》れ、同時に、泣きたくなった。

……古閑さんは、いったい、僕を、どうしたいんだろう。僕のことを、どう思っているんだろう？

僕を、かわいがっているのは、わかる。だけど、うなじを舐めたり、際どい場所を撫でて、僕が勃つと、古閑さんは嫌そうにする。

僕が、どこを触られても平気になればいいんだ。だけど、僕は……古閑さんに触れられると、体が熱くなってしまう。

どうしてそうなるか、もう、理由はわかっている。

古閑さんのことが、好きだから。ペットではなく、僕は、恋人になりたい。

でも、古閑さんは、恋人は作らない主義で……僕のことは、本当に、ペットとしか思っていない。

僕の望みは、叶《かな》わない。古閑さんに叶える気がないから。なのに、古閑さんは、セックスの時のように触れてくる。

……古閑さんが、わからない。本当に、古閑さんは、僕をどうしたいんだろう？　どういうふうに関係を続けていくつもりだろう？　もしかして、何も考えてないのかな？

ぐるぐると、答えのない迷宮をさまようううちに、携帯のアラームが鳴った。

「古閑さん、僕、起きますよ」

小さく声をかけ、幸希が古閑の腕から抜け出した。

寝室で着替える間も、幸希は鬱々《うつうつ》と考え続ける。

古閑さんといられるのは嬉しいけど、僕は、ペットとして愛されたいわけじゃない。本当に古閑さんが好きだったら、それでも一緒にいるべきなんだろうけど……。せめて、いやらしく触らないでいてくれれば、そうできたかもしれないけど……。

興奮するたび、トイレに行くのも辛《つら》いし、なにより、僕が勃ったとわかったら、古閑さんは、また、あの冷たい目をするんだろう。

それが、僕には耐えられない。嫌われたかもって、ビクビクするのは、辛いから。

切なくため息をつき、着替えを終えた幸希は、洗面所に行き、古閑のための最後の朝食作りに取りかかる。

作り置きの小松菜と油揚げの煮浸しに、長ネギを入れた卵焼き、大根の味噌汁、残り野菜で作った漬け物で、幸希が買い足した野菜は使い切った。

鱈《たら》の粕《かす》漬けを焼き、昼食用におにぎり――古閑のリクエストだ――を握った。具は、古閑が買ってきた明太子と梅干し、そして、おかかとじゃこだ。おかずは、古閑が買うというので、幸希が用意するのはおにぎりだけと決まっている。

ダイニングのテーブルに皿を並べている時に、ジャケットを手に古閑がやってきた。

「おはよう」

「おはようございます。ご飯の支度、終わってます」

幸希が食卓に着くと、古関は神妙な顔で朝食を食べはじめた。

「……これで幸希の飯も食い納めだと思うと、寂しいなぁ」

料理くらい、また、いつでも作りに来ますよ。

そう言いそうになったが、幸希は黙っていた。

「そこまで僕の料理を気に入ってくれて、嬉しいです。古関さんには、たくさん褒めていただいて……僕も、この一週間、すごく楽しかったです」

かわりに、笑顔で答える。この時点で、幸希にはまだ、迷いがあった。

これから、古関とどうつきあっていくかを。

古関さんの希望は、わかってる。僕をかわいがって、触り倒して、でも興奮しない僕がいいんだろう。でも、僕は要求に応えられない。

僕の要望を話してすりあわせるしかないけど、今は、雇用主と雇われ人という関係だし、なんだか言いづらい。

「俺も楽しかったよ。幸希には、一生、住み込みで働いてほしいくらいだ」

「それは無理です。祖父のそばについていないと」

「そうだったな……」

古関は、何か考えているようだった。

「俺がもう少し広い部屋に引っ越すから、お祖父さんと幸希の三人で住むのはどうだ？」

「祖父に、古閑さんとのアレを見せるのは、さすがに……。第一、僕が古閑さんのペットをしてるなんて知ったら、祖父が卒倒します。ごめんなさい、ご期待に添えなくて」

言葉通りの意味と、古閑の理想のペットになれない自分と。ふたつの意味を重ねて幸希が謝ると、チャイムが鳴った。すぐに玄関の扉が開いて、関谷が姿を現す。

「おはよう。今日でバイトも終わりか。……古閑、高嶺君にバイト代は払ったのか？」

「まだだ。飯が終わってからにするつもりで、用意はしてあるんだ。……ほら」

古閑がジャケットの内ポケットから、封筒を取り出した。

朝食の後片付けを終えて、リビングにやってきた幸希に古閑が封筒を差し出す。

「一週間、ありがとう。バイト代には、ちょっと色をつけてある」

「ありがとうございます」

幸希は古閑の手から封筒を受け取った。それが、やけに重く感じる。

そして、その瞬間、幸希を激しい衝動が襲った。

たぶん、これが、最後のチャンスだ。僕の思いを伝えられる……。

最後と思ったら、幸希も覚悟が決まった。

「あの、古閑さん、ひとつだけ、お願いがあるんです」

封筒を握り締めながら、幸希が訴える。

「なんだ？　なんでも言うといい。幸希の願いならば、俺は、なんでも叶えるつもりだ」

「ありがとうございます。………僕は……古閑さんが、好きです。だから、これからは、僕をペットじゃなく………恋人にしてくれませんか？」

心臓が、破裂しそうなくらい高鳴っている。喉元が苦しく、息もできないくらい緊張していたが、それでも、幸希は自分の気持ちを伝えた。

緊張と期待と不安に、幸希がうつむきながら、古閑の返事を待つ。

「――はぁ？」

幸希の必死の告白に、返ってきたのは、迷惑そうな声だった。

その瞬間、幸希の心の中で、何かがぽっきりと折れた。

「おい、古閑。その返事はなんだ。高嶺君は、おまえのことを真剣に好きなんだぞ」

「幸希が俺を好きになってくれて嬉しいが、恋人ってのは、迷惑だ。俺は、恋人はいらない。必要なのは、ペットだ」

返す古閑の口調が乱暴になっている。

本当は、恋人にしろと言われて反射的に恐怖し、その反動で怒ったような態度を取っているのだが、古閑の過去を知らない幸希には、わかりようもない。

あぁ、やっぱり……駄目なんだ……。

そう、心の中でつぶやいた時、信じられない言葉が聞こえた。

「まったく……。気色悪いことを言わないでくれ」

辟易《へきえき》したとでも言わんばかりの古関に、さすがに幸希も弁解したくなった。

「……だったら、どうして僕に……あんなふうに触ったんですか？」

「あんなふう？」

「うなじにキスしたり、舐めたり。太腿のつけ根をなぞったり……。胸とか、脇を触ったじゃないですか。なのに、どうして気色悪いなんて言うんですか⁉」

すでに幸希は、半泣きになっていた。

「古関、おまえ、高嶺君にそんなことをしていたのか？」

「した……かもしれないが、そういう意味じゃない。関谷だって、俺がチャイを撫で回していたのは、知っているだろう？　それと同じで、それ以上の意味はない」

「だからって……。高嶺君は、人間なんだ」

珍しく関谷が古関に反対意見を言った。

しかし、関谷の言葉は幸希の耳に入っていない。

そうか……。古関さんは、本当に、心の底から、僕をペットと思ってて、それ以外の僕は、必要ないんだ。

幸希の封筒を握った手が震えた。悲しさに、全身から血の気が引く。

「……じゃあ、あれは全部、僕の誤解なんですね。僕が勝手に、古関さんに触られて、意識しちゃっただけだったんですね」

「そうだ。……多少、ゆきすぎていたかもしれない。それは、謝罪する」

古閑が謝罪の言葉を口にしたが、幸希は少しも慰められなかった。

そうして、衝動的に古閑に背を向け、寝室に向かった。

バッグの中から、古閑の家の鍵《かぎ》と買い物のお釣りを取り出した。バッグをひっ摑《つか》んでリビングに戻ると、古閑と関谷が口論の真っ最中であった。

「古閑さん！」

今にも泣き出しそうな顔で幸希が大声を出すと、古閑と関谷がふり向いた。

「これ、預かっていた食費の残りと家の鍵です。レシートは全部あります。あと、これも……返します」

幸希がケースとともに、バイト代の入った封筒を古閑の手に押しつけた。

「僕は、あなたを大好きになりました。これって、契約違反ですよね。だから、このお金は、貰《もら》うわけにはいきません」

早口で言うと、呆然《ぼうぜん》とする古閑に再び背を向け、幸希が早足で玄関に向かった。

「返すって、おい、幸希！」

「高嶺君、待ちなさい」

背中で、古閑と関谷の声がした。

スニーカーのかかとを踏んで玄関から出て行こうとする幸希の手首を、関谷が摑む。

「高嶺君、病院まで送る。今日は、お祖父さんの退院で、荷物が多いだろう？」

「ひとりで大丈夫です。関谷さんにご迷惑をおかけするわけにはいきません」

「いいから。高嶺君には世話になったし、俺が君の力になりたいんだ」

「おい、関谷、おまえ、どういうつもりだよ。幸希は俺のものだぞ！」

「古閑、高嶺君はバイト代を返したんだ。もう、おまえのペットじゃないし、おまえの自由にしていい存在じゃない。行こう、高嶺君」

手早く革靴を履くと、関谷が幸希の背に手を回し、玄関を出た。

「あ、あの……。いいんですか、古閑さんにあんなこと言って。古閑さんは社長で、関谷さんは秘書なんですよね」

「これくらいのことで、首にはならないよ。古閑はそこまで心の狭い男じゃない」

関谷が大丈夫、というふうに幸希に笑いかける。

マンションの地下駐車場に社用車を停めていて、関谷が幸希に助手席に乗るよう勧めた。

「タイミングは最悪だけど、俺からの謝礼を渡そう。一週間の家事に対する報酬だから、遠慮なく受け取ってほしい」

「……ありがとうございます。助かりました」

関谷が差し出した封筒を、幸希はありがたく受け取った。

衝動的に古閑にバイト代をつき返したものの、幸希はその後のことを、まったく考えていなかった。

今、普通口座に入ってる金では、支払いに足りない。定期を解約せねばならなかったが、関谷からのバイト代で、なんとかそれを免れそうだった。

「君の力になれて、俺も嬉しいよ。……公平を期すために、古関がどうしてあれほどまでに恋人をいらないと拒絶するか、理由を話してもいいだろうか？」

生真面目《きまじめ》な関谷が、律儀に幸希に確認を取る。

「聞きたいです。おかしいと思ってたんです。古関さんがお見合い結婚って、一番、らしくないと思ってましたから」

どうして、こんなことになったのか。幸希はその原因を知りたかった。

そして、病院に移動する間に、関谷が古関の背景も含めて説明する。

聞き終えた幸希は、音をたてて息を吐いた。

誰《だれ》にでも、弱い部分はあって、古関さんにとっては恋愛——恋人を作ること——が、それだったんだ。古関さんの怒ったような態度は、たぶん、怖かったからだ。

そのことを考えるだけで、心臓がひやっとするような、そういうことって、僕には、たくさんあるから。古関さんの心情を理解はできる。

「つまり、僕は、知らないうちに古関さんを傷つけていたんですね。……僕も、関谷さんみたいに、友人として、古関さんを好きでいられたら良かった。そうしたら、古関さんも嫌な思いをせずに済んだんでしょうね」

目を閉じて、幸希がシートに体を預ける。

古関さんは、悪くない。僕も、たぶん、悪くない。

悪かったのは、巡り合わせだ。しかたのないことだったんだ。

そう考えると、幸希は気分が少しだけ楽になった。こんなふうに考えられるのは、古関のおかげだと、素直に思えた。

古関さんと出会えたことは、僕にとって、いい経験だった。会えて良かったんだ。

幸希がそう気分を切り替えようとすると、関谷が口を開いた。

「高嶺君は、悪くない。君は、いつも誠実だった」

「ありがとうございます。関谷さんは、優しいですね」

慰めの言葉が、胸にしみる。幸希が微笑すると、関谷が神妙な顔をした。

「俺は……不純だ。弱ってる君につけ込むようだが、言わせてほしい。俺は、君のことが好きになってしまった。どうか、俺の恋人になってくれないだろうか」

「え……？」

突然の関谷の告白に、幸希が目を見開いた。

「関谷さん、僕は、男ですよ？　それに、失恋したばかりですし……」

「君が男なのは、見ればわかる。古関にふられて失恋したばかりなのも、わかっている。

だが、今、ここで告白しないと、君とはこれっきりになってしまう。それは、嫌なんだ。恋人が無理なら、友人としてでいいから、俺とつきあってくれないだろうか」

ここぞとばかりに、関谷がぐいぐいと押してくる。

表情こそ平静であったが、関谷の耳が真っ赤になっていた。

関谷さんも、勇気をふり絞ってるんだ……。さっきの僕みたいに。

そう思ったら、嫌です、と、幸希は言えなくなった。それに、関谷は友人でもいいと言っている。

幸希に、関谷を嫌う理由はない。古閑とはタイプは違うが立派な大人で、気遣いも気配りもできるし、幸希に優しくしてくれる。

「僕、まだ、恋とか……できる気がしないです。でも、関谷さんの友達のひとりになれるのは、とても光栄なことだと思います」

「ありがとう、高嶺君。……あぁ、緊張した。こんなに緊張したのは初めてだ。では、病院に着いたら、建物に入る前に、君の携帯番号を聞いてもいいかい？」

嬉しそうに笑う関谷は、まるで高校生のようであった。

「もちろんです。……あの、ひとつ聞いてもいいですか？　関谷さんは、どうして僕を好きになったんですか？」

「高嶺君は、真面目だし、素直ないい子で、一緒にいると、俺も楽しい。……とにかく、君が気になるし、君のすべてを好きになった。……それじゃあ、駄目かな？」

「いえ、充分です！　ありがとうございます。僕も、関谷さんのことは、尊敬してます」

「こちらこそ、ありがとう。……俺と幸希君は、相性がいいのかもしれないな」

ややや緊張した面持ちで、関谷が幸希を名で呼んだ。

「ごめん。急に下の名前で呼んでしまって。嫌だったら言ってくれ」

「いえ、全然そんなことないです」

「良かった。実は、古関が幸希君を名前で呼んでるのが、羨ましかったんだ。いつ、呼び方をかえようか、タイミングをうかがっていた」

まるで男子中学生のような関谷の告白に、幸希は微笑ましい気分になった。

病院に到着すると、早速ふたりは携帯番号を交換した。

それから、会計で精算をし、正道の病室に向かった。

「はじめまして、関谷といいます。今日は、幸希君のお手伝いで参りました」

「これはどうも、お世話をかけます」

堅苦しい挨拶《あいさつ》をするふたりを見て、幸希は、古関さんの時とは祖父の態度が随分違う、という感想を抱いた。

何を考えているんだ？　古関さんと関谷さんは別人なんだし、当たり前じゃないか。

関谷は愛想良く、衣類の入った紙袋を持った。幸希がコップやスリッパといった雑貨の入ったバッグを持って、三人で幸希のアパートに移動する。

幸希が郵便受けを確認すると、祖父宛に封書が届いていた。

「すみません、今、うちに冷たい飲み物って何もないんです」

そう言って、幸希がちゃぶ台の前に座る関谷に断りを入れる。

お湯をわかす短い時間に、幸希は奥の和室に布団を敷き、汚れ物を洗濯籠《かご》に入れていた。

一通り、やるべきことを終えてから、三人分の煎茶《せんちゃ》を淹《い》れ、幸希も腰をおろした。

「幸希君は、本当によく働くな」

「いえ、そんな……。あ、お祖父ちゃん、手紙が来てたよ」

関谷の向かいに座っていた正道に幸希が封書を渡した。

「どれどれ」と、言って、差出人を見た正道が眉間《みけん》を寄せる。

差し出し人は、早川勲。正道は手紙を読むと、すぐに携帯を取り出した。

「早川さんですか？　お久しぶりです、高嶺です」

電話をしながら、正道が隣室に移動する。

早川という名を耳にして、幸希が息を呑んだ。

「早川……というと、幸希君のお父上の苗字《みょうじ》ではなかったか？」

「関谷さん、ご存じだったんですか？」

「俺も報告書には、目を通している。気分を害したのなら、すまない」

「いえ。関谷さんは秘書のお仕事をされただけです。気分を害するなんて、そんな」

ひそひそ声で関谷と話しつつも、幸希は電話の内容が気になってしょうがなかった。

どうして、今になってお父さんが手紙を？　もしかして、お父さんは、僕が土曜日に自宅の近くまで行ったことを、お祖父ちゃんに抗議するつもりなんだろうか？

幸希は、正道に心配をかけたくないため、父と会ったことは、話していなかった。

どうなるんだろう……。考えただけで、胃が痛くなってきた。

「静佳は、あの後すぐに再婚しました。幸希？　幸希は半年ほどで私ども夫婦が引き取りました。……養育費？　なんのことですか？　静佳からはそんな話、聞いていません。大学の学費は、幸希が自分でバイトした金と私どもの蓄えから出しました。…………なんですって！」

正道が大声を出したかと思うと、その場に膝をついて胸を押さえた。

「お祖父ちゃん!?」

慌てて幸希が正道に駆け寄った。畳に落ちた正道の携帯を、関谷が拾う。

「俺がお父上に事情を話す。幸希君はお祖父様を」

「ありがとうございます。……お祖父ちゃん、大丈夫？　布団に横になって。辛かったら、救急車を呼ぼうか？」

「大丈夫だ。これくらい、たいしたことない」

「僕に気を遣わないで。辛かったら、言って。お願いだから」

幸希が正道を介抱する間、関谷は居間に移動していた。

「高嶺さんが、急遽《きゅうきょ》、気分を悪くされたので私がかわりました。私は、幸希君の友人で関谷と申します。幸希君は、現在、高嶺さんについていますが……はい、少々お待ちくださいい。幸希君、早川さんが、君にかわってほしいと言っているが、どうする？」

居間から、関谷が顔をのぞかせる。

「すみません、後で、かけ直すと伝えてください」

「後ほどかけ直すとのことです。…………はい、わかりました。……ふたりに伝えます。では。……幸希君、お祖父様の具合はどうかな？」

携帯を幸希に返しながら、関谷が尋ねた。

「わかりません。すごく苦しそうで……。お祖父ちゃん、やっぱり、救急車を呼ぼう。ね？」

「高嶺さん、無理をしてはいけません。一度、病院で看《み》てもらって、何もなければ、すぐに帰宅できます。とにかく、病院に行きましょう」

「わかりました、頼みます」

関谷はすでにスマホを手にしていて、正道の返事を聞くと、すぐさま一一九番した。

幸希が救急車に同乗し、関谷は、持ち帰った荷物とともに、車で病院に駆けつける。

「今回は、様子を見るだけということで、一晩入院することになりました。……関谷さんには、お世話をおかけして、申し訳ありません」

病院の一階、エントランスで待機していた関谷に、幸希が、開口一番謝罪した。

「気にしなくていい。俺は、君の力になりたいんだ。会社は全休にしたから、今日は幸希君につきあおう。僭越《せんえつ》ながら、ここに来る前に早川さんに連絡させてもらった。後ほど、ここにお見舞いに来るそうだ」

「父が……ですか？」

土曜日の勲とのやりとりを思い出し、幸希の表情が曇る。

「古関に聞いていた話とはだいぶ違っていて、お父上は、非常に申し訳なさそうにしていた。だから、悪いことにはならないと思う」

「そうだといいんですけど」

「気になるようなら、今からでも携帯で、直接、お父上と話をしてみてはどうだろうか」

「いえ……いいです。やっぱり少し、怖いから」

「もし良かったら、話し合いの場に、俺も同席していいだろうか？」

「本当ですか？　関谷さんが一緒にいてくれたら、僕も心強いです」

心底ほっとしながら、幸希が関谷に笑いかける。

昼食は、関谷の提案で病院の食堂で食べることになった。

食堂という名目であるが、地元で美味しいと評判の洋食店がテナントで入っていた。昼時ということもあり、店は八割がた席が埋まっている。

「ここの食堂って、こんなふうになってたんですね……。初めて知りました」

「お祖父さんのお見舞いの時、昼ご飯はどうしてたのかな？」

「えっと……、コンビニのパンと談話室の麦茶で済ませてました」

「古関の冷蔵庫の材料で、弁当を作れば良かったのに」

「あれを使うわけにはいきません。公私混同になります」

「君は、本当に真面目だな。俺以上かも。……そういうところも、好ましいが」

突然、好意を示されて、幸希の顔が真っ赤になる。

古関さんの親愛表現もあからさまだったけど、関谷さんも、ぐいぐいくるなぁ。

「そう言われると、照れちゃいますね」

「照れるついでに、俺のことを意識してくれれば、もっといい」

「関谷さん、もてないって嘘ですよね。口説き文句が板についてますけど」

「もてないのは、本当だ。口説き文句は、幸希君だと自然に出てくる……なぜだろう？」

僕が同性だから、緊張しないだけじゃないかな……。それって、本当に恋愛感情なんだろうか？　そう、幸希が疑問に思う。

注文は、ふたりとも名物の煮込みハンバーグのランチセットにした。メインの食事を済ませ、ミニデザートとコーヒーが運ばれたところで、食堂に勲が現れた。

「幸希。この間は、本当にすまなかった」

テーブルに着く前に、そう言って勲が頭をさげた。そつなく関谷が立ちあがり、幸希の隣に移動する。

「早川さん、どうぞお座りください。高嶺さんのお見舞いは、済ませましたか？」

「ここに来る前に、顔を出してきました。……今日、病院を退院したばかりとは知らず、とんでもない話をしてしまった」

勲がコーヒーを頼み、緊張しているのか、お冷やをいっきに半分ほど開けた。

そんな父の様子をうかがいながら、幸希は、勲がどうしてこのタイミングで高嶺家にコンタクトを取ってきたのか、その理由を考えていた。

十年以上も梨《なし》の礫《つぶて》だったのに……、いったい、どうして？　きっかけは、土曜日のことだろうけど……。

「こうしていても、埒があかないな。何から話せばいいか………。土曜日、おまえと会った時、おまえと一緒にいた男が言った言葉が気になったんだ。冷静になってみると、おまえがペットというのも心配だったし、なにより、おまえが、何もしていないという言葉が引っかかった。そこで、高嶺さんに電話をしたが、連絡がつかなかったから、手紙を書いた。同時に、静佳に連絡をして、おまえが今、どうしているのか尋ねたんだ」

ふっと勲が眉《まゆ》を寄せた。強い怒りを無理に抑えているような、そんな表情だ。

「幸希、おまえは知らないだろうが、静佳と離婚する際に、私は一括して養育費を支払っていた。しかし、その後も、高校や大学に進学する際、それ以外にも……静佳からおまえの学費が必要だと言われるたびに、まとまった金を渡してきたんだよ」

「え……!? でも、僕は、お母さんから、お金は一度も貰ってないです」

勲の話に、愕然《がくぜん》としながら幸希が反論した。

「わかっている。それは、先ほど高嶺さんにも確認した。高嶺さんは、静佳から、養育費と慰謝料を相殺したと説明されていたそうだ」

「それって、つまり……お母さんが、僕の養育費を横取りして、その後も、嘘をついてお父さんからお金を貰っていたってことですか……」

幸希は母親に何も期待はしていなかったが、ここに来て失望するハメになった。いや、それ以上に恥ずかしかった。

僕をお祖父ちゃんに預けっぱなしで、養育費を横取りしたのは、まだいい。なのに、その後も、そんな詐欺まがいのことをして、お金を貰っていたなんて……。

「私が、先日あんなことを言ったのは……、おまえが成人となった時、まとまった金を支払って、これが最後ということになっていたからだ。もう二度と金の無心はしないという条件で。突然、おまえが現れて……私は、懐かしさより、今の妻子を守らねば、という思いで酷《ひど》いことを言ってしまった。本当に、すまなかった」

「そういう事情があったのなら、お父さんがそう言ったのも当然です。それに、僕がどうしているのか気にしてくれたことも、嬉しいです。……僕はずっと、お父さんに、顔も見たくないくらい、嫌われていると思ってましたから」

正直に幸希が嬉しいと告げると、勲がバツの悪い顔になった。

「金のことはともかく、ペットというのは……」

聞かれたくない問いに、幸希が焦りながら事実を答える。

「あの人は、古関さんっていう、ちょっとかわった人で……。亡くなったペットに僕が似てるから、お祖父ちゃんが入院してる間だけ、ペットのかわりのバイトをしたんだ。誓って変なことはしてないよ。あの人は、僕を、純粋にペットとしてかわいがってただけ」

弁解じみた説明をしながら、幸希は胸が痛くなってきた。

傷口に、自分で塩を塗り込んでるみたいだ……。

勲は、幸希の説明を難しい顔で聞いていた。

「昔からおまえは、その場しのぎの嘘をつく子じゃなかったな。その言葉を信じよう」

「ありがとう、お父さん」

幸希がほっとして安堵の息を吐くと、かわって関谷が口を開いた。

「早川さん、あなたはわざわざ、弁解と状況説明をしにここに来たのですか？　私には、それだけとは思えませんが」

尋ねる関谷の視線が鋭い。いかにも、やり手のサラリーマンといった雰囲気だ。

「もちろん、違います。私は、この件で静佳に対して今まで渡した金を返還するよう弁護士を入れて請求するつもりです」

「当然のことですね。それで、戻った金をどうします？」

「元々、幸希のためにと用意した金です。今まで放っておいた詫《わ》びも含め、幸希に渡すつもりでいます」

「えっ。……いいです。いらないです。お父さんにそこまで迷惑をかけられません」

「幸希君、断る前に、よく考えた方がいい。お金はあって困るものじゃないし、いずれお祖父さんが施設に入る時にも、お金があれば選択肢が増えるんだから」

冷静な関谷の言葉に、幸希はそういうものか、と考え直した。

それからの話し合いは、関谷と勲のふたりでとんとん拍子に進んでいった。

勲に、関谷が実家の顧問弁護士を紹介すると請け負い、その場でアポを入れる。

正道が幸希に迷惑をかけたくないと、ケアハウスに入ることを希望し、その口利きも——知り合いの区議会議員に頼むと——関谷が請け負ってくれた。

月々の支払いは、正道の年金と、静佳から返還された金でまかなうことにして、振込みがあるまでの間は、勲と幸希で不足分を折半することが決まった。

問題は、幸希が無職という点だが、幸希の就職先も、関谷が紹介すると請け負った。有能で人脈豊富な人間がいると、これほどまでにスムーズにことが進むのか、と幸希は驚いてしまった。

勲は、法律事務所にこれから相談に行くという。

幸希と関谷は、区議から紹介されたケアハウスまで、入所の資料や書類を貰いに行った。入所の際に保証金を払わないかわりに、月額の支払いが高めになるが、それは正道の年金で納まり、雑費も含めて負担はわずかで済むとわかった。総合病院との連係も取れているので、その点も安心できる。幸い、空きがあるそうで、いつでも入所できるとのことだった。

本当に、すべてが信じられないほどスムーズに進んでゆく。

ケアハウスから病院へ戻る車中で、幸希が関谷に礼を述べる。

「関谷さんって、すごいですね……。心から感謝します」

「君の役に立てたのなら、嬉しい。これで少しは俺のことを好きになってくれたかな？」

「感謝してますけど、恋愛感情になるかどうかは……ごめんなさい、まだ、わからないです。でも、今、関谷さんに、これだけ力になったんだから、つきあえって言われたら、断らないです」

「そんなことはしない。俺は、君に惚《ほ》れてほしいんであって、君を従えたいわけじゃない」

どこまでも、関谷は真面目で男らしかった。

「ところで、幸希君の就職先……、うちの会社はどうかな？」

「えっ。それは……古関さんの会社に入るってこと……ですよね」

「幸希君は、飲食業界に向いてると思う。都内の店舗か、本部で新メニューの開発か……どちらでも、好きな方を選んでいい。……どうだろうか？」

「考えさせていただけますか。今は、決めることがたくさんありすぎて……」

古関と同じ会社で働くということに、幸希は不安と、高揚感を感じていた。

僕はまだ、古関さんが好きなんだ。だから、怖いけど、わくわくする。

ケアハウスの資料を幸希がぎゅっと胸に抱えた。

自分の感情が、コントロールできない。メチャクチャなのはわかっていたが、どうすればスッキリするのか、わからないのだ。

……僕は、関谷さんを好きになったら……幸せになれるんだろうな。古関さんを好きにならなっていなかったら、今頃、大好きになっていたかもしれない。

けれども、どうしても、関谷とセックスする自分の姿が、思い浮かばなかった。

古関の体温や、優しい——時には熱のこもった——愛撫を、幸希の体が忘れてくれない。

あれが、あれだけがほしいと、魂が叫んでいた。

「調子が悪い……。理由はわかってる。愛が、愛が足りないんだ！」

南米から日本へ向かう飛行機の中で、古閑がひとりごちていた。

幸希と気まずい別れをしてから、すでに九日が過ぎていた。

関谷はあの日一日、有休を取り、翌日出社したかと思うと、古閑に「一週間ほど海外に行ってこい」と、言って航空券とパスポートを渡した。

それにおとなしく従ったのは、古関がこのところ放浪旅行をしていなかったことと、幸希のいない部屋が、空虚でしょうがなかったからだ。

日本を後にし、大学時代と同じラフな服装で安ホテルに泊まり、現地人の行く市場などを散策していると、異国にいるという緊張感で、寂しさを忘れられた。

とはいえ、それも帰国する飛行機に乗ると、安心感からか、虚《むな》しさが蘇《よみがえ》ってくる。

成田空港に到着したのは夕方で、いつもの通り、関谷が迎えに来ていた。

「久しぶり。土産《みやげ》に酒を買ってきた。今晩、うちで飲もう」

古関が明るく誘いかけると、珍しく関谷が断ってきた。

「いや、今晩は用事がある。デートなんだ」

「デート……。関谷、彼女ができたのか？」

「彼女じゃない。まだ、友達と恋人の間くらいだ」

目を丸くする古閑に、硬い口ぶりで関谷が答える。

「そこでがっつくと、逃げられるってあたりか。……焦らずに行けよ」

「そのつもりだ。俺はベタ惚れなんだが、手も握らせてもらえない。なかなか、前の男を忘れられないらしい」

ため息をつく関谷の表情は、なんともいえない憂いを帯びている。十年以上のつきあいがある古閑だが、こんな関谷の表情を見るのは初めてだった。

これは、本気だな。関谷は本気で、その女を好きなんだ。

「手も握らせない……か。それがおまえの気を惹くための演技でなければ、いい娘《こ》なんだろうな。晴れて恋人になったら、紹介してくれよ」

「あぁ……まぁ……」

関谷にしては珍しく、歯切れの悪い反応だった。

ふたりは駐車場に移動して、古閑は後部座席に座った。そして、大学時代から愛用しているナップザックを開けると、土産の酒、ピスコを取り出して、運転席の関谷に渡した。

ピスコというのは、ペルー名産の葡萄《ぶどう》の蒸留酒のことだ。アルコール度数は四十二度と高めだが、すこぶる飲みやすく、カクテルなどのベースにしても美味しく飲める。

「ピスコは一本、おまえにやるよ。その彼女と一緒に飲むといい」

「ありがとう。そうそう、宇都宮が今晩、おまえの家に顔を出すと言っていた。メールかメッセージが届いてるんじゃないか？」

運転席から声をかけられ、古閑がスマホを見た。

通話やメールの着信履歴を確認しながら、古閑は、無意識に幸希の名前を探した。

……幸希からの連絡はなし、か。後で電話してみるか。

『古閑さん』と、照れながら自分に呼びかける、幸希の声が無性に聞きたかった。

古閑が、宇都宮からのメッセージを確認していると、本人から電話があった。

『お帰り！　今日は久しぶりに遊びに行く。手土産は何がいい？』

「そうだな……。飯を作るのが面倒だし、夕飯になるものをふたり分頼む」

『ふたり分？　関谷と、あのかわいこちゃん……幸希君の分はいいのか？』

「幸希のバイトは終わってるし、関谷は今日、デートだそうだ」

スマホの向こうで、宇都宮が口笛を鳴らした。

『関谷がデートねぇ……。いったい、相手は誰だ？』

「知らない。まだお友達の関係で、手もつないでないそうだ。ここでおまえが口を挟むと、まとまるものもまとまらなくなりそうだから、しばらくは放っておいてやれよ」

大学時代、関谷が淡い好意を抱いた子と、宇都宮がつきあったということがあった。

宇都宮は知らなかったのだろうが、間に挟まれた古閑は、落ち込んだ関谷を励ますのに苦労した覚えがある。

関谷はいい奴だが、女の扱いは、宇都宮の方が何枚も上手だ。万が一、ということもある。宇都宮にその気がなくても、こればっかりは、相手次第だし。

そういえば、関谷が女性に対してぎこちない態度を取るようになったのは、あれからだったな。俺が思っていたより、ずっと、関谷は傷ついていたんだろう。

古関と宇都宮の会話が聞こえているだろうに、関谷は普段通りの顔で運転している。

「宇都宮と電話が終わったか？　疲れているようなら、家に着くまで仮眠を取るといい」

「悪い。甘えさせてもらう」

そう言って、古関がまぶたを閉じた。スマホの着信音で古関が目覚めた時、車はすでにマンションが見えるところまで来ていた。

電話は宇都宮からで、マンションの前にいる、という内容だった。

マンションのエントランス前に車が停まり、古関がナップザックを手に降りる。

関谷がトランクから年季の入ったスーツケースを降ろし、手をあげて近寄ってきた宇都宮に預ける。

「古関は、明日も仕事だから、ほどほどに頼む」

関谷はそう宇都宮に告げると、運転席に戻った。

「関谷が、古関を放ってデートに行くとは……。明日は雨が降るんじゃないか？」

エレベーターホールへ歩きながら、宇都宮がおどけた顔で言う。

そうして、古閑の部屋に入り、酒盛りがはじまった。

「今日は関谷がいないんだ。おまえも手伝えよ」

「俺は、今日一日、真面目に働いて疲れてるんだけど？」

へらず口を叩きながらも、宇都宮が小皿やグラスを用意して、リビングへと持っていく。

「ダイニングじゃなくて、そっちか？」

「どうせなら、かわいこちゃんの映像を肴《さかな》に酒盛りした方が、盛りあがるだろう？」

「あぁ……。そうだな」

「しかし、古閑も悪趣味だよなぁ。自然なにゃんこの行動を見たいからって、隠しカメラを仕込むなんて」

ニヤニヤ笑いながら、宇都宮が隠して置いたカメラを取り外し、テレビに接続する。

その間に古閑は、冷蔵庫からチーズとサラミを取り出し、買い置きのクラッカーやナッツとともにリビングに戻った。

「酒は何にする？　ビール、ワイン、ウィスキー？　土産のピスコもあるぞ」

「手土産は寿司だから、日本酒を冷やで」

こうして、男ふたりがリビングで、寿司をつまみにちびちびと日本酒を飲みはじめる。

「おい、古閑。最初はどの辺にする？　初日は、ほとんど撮れてなかったよな」

「日曜日がいいかな。幸希が俺に心を開いて、初めてふたりきりになった日だ」

古閑が腰をあげ、飾り戸棚の抽斗《ひきだし》から、ＳＤカードを取り出した。

幸希がいた一週間の間、古閑は朝と晩、幸希が食事の支度をする間にＳＤカードをセットしてずっと録画していたのだ。

「最初の方は、飛ばして……っと、ここからだな」

画面の中に、幸希がいた。十日近く会ってないだけなのに、とても懐かしい。

「………おい、なんだこれは」

再生がはじまって、十分もしないうちに、宇都宮が怪訝《けげん》そうな声で尋ねる。

「古閑よ。なんで、おまえは男の尻を撫で回してるんだ？　え、おい。なんで押し倒した。この子はペットじゃなかったのか？　まさか、俺に大画面で男同士でおっぱじめるところを見せる気じゃないだろうな！」

「誰がペットにそんなことをするか。俺は、ただ、幸希とふれあってるだけだ」

「いやでも、おまえ、抜いてやるとか言ってるじゃないか。嫌だぞ俺は。あの子はかわいい顔してるけど、汚いモンを見せられるのは」

「抜いてない。……ほら」

画面の中の幸希が泣きそうな顔で『もう、大丈夫です。萎えました』と、言った。

そこから、幸希と古閑が抱き合うシーンを宇都宮は黙って見ていたが、ややあって、

「古閑、おまえ、酷い奴だな」と、ぼっそりつぶやいた。

「酷い……。俺が？　どうしてだ」

「幸希君は、どう見てもおまえに惚れてるだろ？　惚れた相手に、あんなねちっこい愛撫をされたら、勃って当然だ。そうやって、お膳立《ぜんだ》てして、『体調管理に必要なら、抜いてやる』ってさ、おまえ、いったい何様のつもりだよ」

元から遠慮のない口を利く宇都宮であったが、今日はことさら辛辣《しんらつ》だった。

「何様って……。飼い主のつもりだ。おまえも関谷も幸希も、なんだってこれくらいで大げさに騒ぐんだ？　ちょっと尻を触ったり、うなじを舐めたりしただけじゃないか」

「うなじを舐めた……？」

「舐めて、吸いあげた。そこに、幸希のかわいいうなじがあったからな」

「おまえは、山があったら登る登山家か。ちょっと、そのうなじを舐めたって録画を見せろよ。俺が、判断してやる」

「わかった。ちょっと待ってろ。あれは……いつだったかな……。月曜日か」

そして、月曜日の晩のＳＤカードをセットして、早送りをする。

食事を終えて、古閑が幸希とリビングに移動したあたりから再生した。

古閑が幸希のうなじを吸いあげる音が、リビングにいやらしく響く。

「はい、古閑くん、アウト！　どう見ても前戯じゃないか。それになんだ、甘くて美味しそうな匂いってのは。羞恥プレイか？」

「そのつもりはなかったんだが……」

宇都宮の突っ込みに、答える古閑の声が自信なさげにかわる。

俺もちょっと、やりすぎ……だったかな？

幸希は、腹部を這う古閑の手に感じているのか、とろんとした表情になっていた。

愛撫に感じる幸希の表情を、古閑は魅入られたように凝視する。

頬が赤らみ、瞳が潤んでいる。刺激を受けるたび、素直に反応を返す体。すべてが愛らしく、滴るような色気を帯びていた。

しかも、そんな幸希の姿を見ているだけで、古閑の下腹部が熱くなりはじめた。

「あれ、古閑、勃ってる？」と、宇都宮が軽い口調で聞いてきた。

「勃ってない！　俺は、ペットとセックスする趣味はないと言ってるだろう!!」

「そんなこと言ってるけど、これは、おまえ以外の誰が見ても、濡《ぬ》れ場そのものだよ。それで、こんなことして、幸希君とはどうなったわけ？　おまえが帰国したってのに、顔も見せないってあたりで、なんとなく想像つくけど」

「……喧嘩《けんか》別れした。いや、違う。バイト最終日の朝、幸希が俺に告白してきたんだ。恋人として、つきあってほしいって。それに俺は、気色悪いと返して、それっきりだ」

「おまえ、こんなことしておいて、気色悪いって……どの口が言ったんだ？」

確かに……こんなことしておいて……気色悪いはなかったな…………。

「いや、でも、俺は謝った！　言いすぎたって」

「結果的にふったんだろう？　古閑は、自分の行動を冷静にふり返ってどう思う？」

「…………最低だと思う」

「だよなぁ。これからどうするつもりだ？　幸希君には、もう二度と会わないつもりか？　っていうか、普通の神経してたら、二度と合わせる顔がないと思うけど？」

宇都宮は、幸希に同情しているのか、バシバシと古閑に突っ込んでくる。

幸希に、二度と会えない……？

今更ながらに、その事実が古閑に重くのしかかりはじめていた。

ここまで自分の行為が酷いと認識する前は、いずれ——近いうちに——また、幸希をペットにできるという、根拠のない確信があった。

しかし、自分の考えなしな行動で幸希を手酷く傷つけたと認識するにつれ、幸希は二度と自分のペットになってくれないのではないかと思うようになっていた。

『古閑さんは、僕を、どうしたいんですか？』

幸希の、切ない声が古閑の鼓膜を震わせた。

古閑がテレビを見ると、幸希の悲しげな顔が映っていた。

『幸希は、世界で一番大切なペットだ』

古閑が答えた瞬間、幸希の顔がくしゃりと歪《ゆが》んだ。その場で声をあげて泣かないのが不思議なくらい、その表情は悲痛さに満ちていた。

俺は、世界で一番大切だと思っていた幸希に、なんて顔をさせたんだ。

そうか。この時には、もう、幸希は俺の恋人になりたかったのか……。俺は、幸希に謝らなくちゃいけないな。

反省すると、即座に古閑はスマホを手にして、幸希の携帯に電話をかけた。

しかし、『……おかけになった電話番号は、現在、使われておりません』というアナウンスが流れてくる。

「着信拒否……？　それとも、本当に番号をかえたのか……？」

いずれにせよ、古閑は幸希との連絡手段がなくなったことを理解した。

「今から、幸希の家に行って、誠心誠意謝ってくる」

「……ふうん。俺はここに残って飯を食ってから帰る。けどさ、ひとつ聞きたいんだけど、古閑、おまえ、幸希君を恋人にする気、あるのか？」

「わからない。幸希に直接会って、それを確かめるつもりだ」

「もしかしてさ、古閑は恋人って名目で、セックスもするペットとして、つきあうつもりかもしれないけど、それって、幸希君みたいな人種にとっては、最悪の申し出だから」

「……どうしてそれじゃ、駄目なんだ？」

「わっかんないかなぁ。あの子がほしいのは愛情だよ。憐《あわ》れみじゃない」

「愛情なら、俺は、あり余るほど持ち合わせているし、ふんだんに幸希に与えている」

古閑の答えに、宇都宮が肩をすくめた。そして、鱧《はも》の押し寿司に手を伸ばす。

「独身のおまえには、わからないだろうけどさ。愛ってのは、与えるだけじゃない。相手の、自分に相容《あいい》れない部分を、受け入れることでもあるんだぜ」

三人組で唯一の妻帯者である宇都宮が言うと、無視できないリアリティがあった。

宇都宮は、同じ会社の後輩で、名家の女性を妻にしていた。

結婚から半年はうまくいっていたが、ここ二年は家庭内別居のようなものだ、と、宇都宮がこぼしたことがある。

つまり、宇都宮は、宇都宮が嫁を受け入れたくない、または、嫁に受け入れられていないことが、不仲の原因と考えているのだろう。

「その言葉、覚えておく。……じゃあな」

ナップザックに財布とスマホだけ入れて、古閑が自宅を出た。

日本酒を飲んでいたので、移動はタクシーを使う。

運転手に幸希のアパートの住所を告げると、古閑は両腕を組んで目を閉じた。

幸希に会ったら、まず、謝って……。それで……どうするか……。

やりたいことは、わかっていた。

幸希の手を握り、髪を撫で、抱き締め、愛しい存在を全身で感じることだ。

だが、やるべきこととなると、まったくわからない。

とりあえず、機嫌を直してもらうか……。だが、幸希はバイト代を返したくらいだし、金や物では釣れないだろう。そうではなくて、幸希が喜ぶこと……。

答えが見つからないうちに、幸希のアパートに到着した。古閑はタクシーから降りると、領収書を受け取るのもそこそこに、小走りで高嶺家に向かった。

チャイムを連打し、しばし待つ。しかし、いつまで経っても扉が開かない。

「おい、幸希。いないのか？　高嶺さん、いらっしゃいませんか？」

扉を叩き、古閑が大声を出す。それでも、やはり返事はない。

まさか、ふたりともいない？　それならば、幸希が帰ってくるまで待つだけだ。

古閑がそう覚悟を決めた時、隣家の扉が開いた。三十歳くらいの男が出てくる。

「……高嶺さんなら、引っ越しましたよ。そこは、今、空き部屋です」

「引っ越した……？」

「そうです。土曜日の午前中に」

「引っ越し先は聞いてませんか？」

「聞いてないです。あぁ、確か、お祖父ちゃんが施設に入ることが決まったから、独居用のアパートに引っ越すって言ってました」

「そうですか。……ありがとうございます」

男の言葉は嘘ではない、と判断し、古関は高嶺家から移動することにした。

大通りに向かいながら、古関は、幸希とのつながりが、ぷっつりとなくなったことに、愕然としていた。

どうやって幸希を探す？　幸希は、どこに行ったんだ⁉　独居用のアパートなんて、都内に星の数ほどあるんだぞ！

「くそっ！」

そう、忌々しげにつぶやくと、古関はスマホを取り出し、関谷に電話をかける。

興信所に頼むか、住民票を取って足取りを掴むか……とにかく、関谷に相談しよう。

古関が焦って応答を待つが、関谷はなかなか電話に出ない。

イライラしながら古関は、関谷にいつでもいいから、とにかく早く電話をくれと、メッセージを送ったのだった。


その時、関谷は幸希と勲とともに、都内の料亭で食事中であった。

「関谷さんが紹介してくださった弁護士のおかげで、大変スムーズに交渉が進みました。ありがとうございます」

勲が上機嫌で、今日、何度目かになる礼の言葉を言った。

機嫌の良い父を目にして、幸希が嬉しそうに微笑む。

関谷家の顧問弁護士の交渉により、静佳は今まで勲から騙《だま》し取った金を、全額、返還することになった。それだけではなく、静佳も正道の施設費を一部負担することも決まった。今日は、その祝いの席だ。勲がぜひ、関谷に礼をしたいということで、セッティングはすべて、勲がしていた。

鮎《あゆ》の焼き物や鱧などに三人が舌鼓を打ち、今は、デザートの小玉スイカを食べている。

「お母さんが、本当にごめんなさい」

「おまえが謝ることはない。……それに、おまえと、こうして会えるようになっただけで、私はとても嬉しいんだ。離婚した時に、おまえに酷いことを言ってしまったと、ずっと後悔していた。……私の方こそ、許してくれるだろうか」

「もちろんです。あの時のお父さんが、あんなことを言ってしまった気持ちも、今なら、わかる気がします。こうして、一緒に食事ができて、僕も嬉しいです」

まだ他人行儀な部分はあるが、久しぶりに父子が和解した様子を、関谷が目を細めて見ていた。

幸希の幸せそうな姿を見るのが関谷の幸福だと、その表情が告げている。

本当に、関谷さんはいい人だ。すごくお世話になったし……。早く、僕も関谷さんを好きになれると……ううん、ならなくちゃいけない。

「関谷さんには、幸希の就職先も世話してもらったとか。父として、礼を言います」

「いえ、私が勝手にしたことです。幸希君はよく頑張っています。そういう幸希君だから、私も手助けがしたくなった。幸希君の人柄あってのことです」

ふたりのやりとりを聞きながら、幸希は、このふたりはタイプが似ている、と思った。

お父さんは大企業の正社員で、出世もして今は管理職だし、関谷さんも古関さんの会社を手伝ってなければ、超一流企業の社員だったんだし。

それが、悪いわけではないけど、ちょっと息苦しいな。たぶん、僕は、まっとうなルートを外れちゃったから、そう思うんだろうけど。

こんな息苦しさを古関といた時には、感じたことがない。むしろ、自由を感じた。

学生時代に何度か留年して世界中を旅していた経歴など、世間的に見てマイナス要因とされることも、古関はプラスに転じて生きてきた。

古関の話を聞いていると、幸希は、自分もそういうふうにできるかもしれない、という希望を抱けたのだ。

去年、お祖父ちゃんが倒れずに、僕が最初に内定を取った会社にそのまま勤めていたら、古関さんに会うことも、バイトを引き受けることもなかった。

古関さんに連れられて、お父さんに再会して……。誤解も解けて、和解もできた。

だから、何が幸いするかわからないってことを、古関さんに会ってから、僕は、自分の身で実感した。自分の名前が、自分にふさわしいものだと思えるようになった。

古関さんが僕をかえてくれて、今の僕がある。

幸希がそんなことをぼんやり考えていると、関谷がスマホを取り出し、眉を寄せた。

「関谷さん、どうしましたか？」と、勲が尋ねる。

「電話が……。後でかけ直しますので、お気になさらず」

「もう、こんな時間ですか。明日もありますし、今日はこの辺でおひらきにしましょう。それじゃあ、幸希、また今度」

「うん。……奥さんと真心ちゃんにも、よろしくお伝えください」

「そういえば、真心が、おまえに会いたがっていたよ。かっこいいお義兄《にい》ちゃんができて嬉しいと騒いでいた。妻も、ぜひ、遊びに来てほしいと言ってた」

「嬉しいな。近いうちに伺わせていただきますとお伝えください」

そんなふうに勲と会話を交わして、ターミナル駅で別れた。勲はＪＲで、幸希と関谷は営団線で移動する。

「遅い時間だけど、少しだけ幸希君のお宅にお邪魔していいかい？」

「もちろんです。そうだ、この間、関谷さんのお母さんからレシピを教わったプリンを作ったんです。ぜひ、食べていってください」

「本当かい？　あれを食べるのは、久しぶりだ。楽しみだよ」

「蒸し器がないんで、すが入っちゃったんです。美味しくできてるといいんですけど」

和気藹々《わきあいあい》と会話しながら、ふたりは地下鉄に乗った。

地下鉄の駅から徒歩十分のところに、幸希の新居がある。

それは、関谷の母方の祖父が投資目的で購入し、関谷が相続したマンションの一室で、幸希は格安で関谷から借りていた。

また、駅に近いというだけでなく、最寄り駅は、幸希の新しい職場――カフェ・アバンダンティア表参道店《おもてさんどう》――や、関谷の自宅にもアクセスしやすい。

ここまでしてもらうことに、幸希は申し訳なさを覚えていたが、関谷の厚意を断ることも、心情的にできなかった。

そのかわりに関谷が遊びに行きたいと言った時には断らず、ちょっとしたデザートや軽食を用意することで、少しでも恩を返そうと心に決めていた。

「仕事は、どうだい？」

「みなさん、すごく親切で、雰囲気が良くて働きやすいです」

「それは良かった。人間関係が円滑な職場なら、仕事も楽しいし、長続きする、が、古閑の口癖なんだ。それもあって、人間関係には特に気をつけているんだ。古閑自身は、楽しいから仕事をするがモットーらしいがね」

「古閑さんって、仕事が嫌いみたいでしたけど、そうでもないんですね」

「チャイが死んでから、愛がないから仕事をしたくない、モードに入ってたんだ。幸希君が来てからは、幸希君と一緒にいることが、なにより大事だったから。君といる間、古閑は、生き生きと楽しそうに仕事をしていたよ」

「あれ？　古閑さんの楽しいから、は、仕事が楽しいからじゃないみたいですね」

「生きてるのが楽しい、幸せだ。だから、働くのも楽しいという考え方だ。詳しくいえば、幸せになるために働くのではなく、まず、自分は幸せだということにして、幸せだ、よし、頑張ろうという意識で働く。すると、少し結果が出ただけで楽しくなるから、もっと働く。そういう具合に、自分の意志でいい循環を作ってゆくんだ」

「はぁ……。僕は、今まで、幸せになるために働こうって考えでした」

「大多数の人は、そうだろうな。幸せになるために、本当は、条件など何も必要ないのかもしれない。例えば、コップに水が半分入っているとして、もう半分しかない、と思うか、まだ半分もある、と思うか……。コップに半分の水という事実にはかわりなくても、人は、もう、とか、まだ、とか、自分の価値感をそこに投影する。だったら、まだ半分もあるとポジティブに思うか、余計な判断をしないで、シンプルにコップ半分の水があるという事実だけを認識した方がいいんだ。……実は、これは古閑の受け売りなんだが」

　あぁ、いかにも古閑さんが言いそうなことだ。

「理屈はわかるが、実践は難しい。俺はなかなかうまくできなくて。その点、古関は、人生に対するモチベーションが高いから、実践できるんだろうな」

人生に対するモチベーション、か……。確かに、古関さんは、高そうだ。

そういえば、僕、いきおいで古関さんには連絡もしないで引っ越して、携帯も着拒にしちゃったけど……、今日、帰国したんだっけ。今頃、どうしているんだろう。

幸希がそう考えた瞬間、マンションに入ろうとした幸希と関谷の前に、「見つけた！」という声とともに、物陰から黒い影が躍り出た。

「……古関………」

びっくりして目を閉じた幸希の耳に、関谷のつぶやきが聞こえた。

慌てて目を開けると、懐かしい古関の姿がそこにあった。

手酷くふられたにもかかわらず、心臓が高鳴り、視線が古関に吸い寄せられる。

「いずれ、幸希君の住まいはバレるとは思っていたが……随分と早かったな」

「おまえの母親に聞いたんだよ。関谷君の知り合いに、手持ちの不動産を貸しませんでしたかって。すぐに調べて教えてくれた」

「母さんは、古関のファンだからな。もっと、ちゃんと口止めしておくんだった」

「関谷が、俺がかけた電話にすぐに出ていれば、これほど早く幸希の住所を摑めなかったさ。おまえの不自然な行動が、俺に疑いをもたせた。ひょっとして、関谷は幸希の行方を知ってるんじゃないか……ってな。普段と違う行動をしたのが仇《あだ》になったな。ところでおまえ、今日はデートじゃなかったのか？　なんで幸希と一緒にいるんだ？」

「それは、俺が幸希におつきあいを申し込んでいるからだ」

関谷が幸希の肩をさりげなく抱き寄せる。

「なっ……っ！　おまえ、俺の幸希を横からかっさらう気か！　その手を離せ！」

「馬鹿を言うな。幸希君は独立した一個の人格だ。おまえのものではない。そもそも、おまえは、幸希君が告白した時にふったじゃないか。その後で、フリーの幸希君に俺がつきあいを申し込もうが、幸希君がそれを受けようが、古閑には関係ない話だ!!」

「あの……ふたりとも、声が大きいです。それにまだ、つきあってません」

静かな夜の住宅街に、登場人物全員男の痴話喧嘩が、ことさら大きく響き渡る。

目の前のマンションや一軒家の窓が開き、エントランス前の三人に視線が集まった。

「ふたりとも、お願いですから、続きは、僕の部屋でしてください」

「……そうだな。こんな話、往来でするものじゃない。幸希君、すまなかった」

「ごめんな、幸希。恥ずかしかっただろう？」

羞恥に顔を真っ赤にし、瞳を潤ませた幸希の懇願に、古閑と関谷が冷静さを取り戻す。

そして、三人揃《そろ》って幸希の部屋へ向かった。

関谷から借りている部屋は２ＬＤＫで、単身用というより若夫婦やこどもがひとりのファミリー向けの物件であった。

築年数は二十年弱であるが、何度か内装工事をしているため、キッチンやトイレ、浴室の設備は最新式も同然であった。

幸希にはほとんど私物がないため、立派なリビングにテレビとテレビ台、ちゃぶ台とカラーボックス、そして座布団がふたつ並ぶだけだ。

「僕、着替えてきます。その間に、おふたりはこちらをどうぞ」

昨晩作ったプリンと麦茶をふたり分用意して、幸希は隣の洋間に駆け込んだ。

洋間に入ると、幸希が頬に両手を添えて、その場にしゃがみ込む。

ふたりとも、いい大人なのに……どうしてあんなに恥ずかしいことをするんだろう。あれじゃあ、まるで高校生の喧嘩じゃないか。ここに住んでいるのは、僕なのに……。明日から、近所の人から変な目で見られたら、どうしよう。

怒りと呆《あき》れ、未来への不安で胸がいっぱいになりながら、幸希が心の中でぼやいた。

「すが入ってると言ったけど、なかなかのものじゃないか」

「幸希の作ったプリンか。つい、拝んでしまうなぁ」

外出用の服から、くたくたのTシャツとハーフパンツの部屋着に着替える間にも、隣室から脳天気な発言が聞こえていた。

「僕の気も知らないで……。なんなんだ、あのふたりは」

しかし、あんなのでも、ふたりは幸希の恩人であった。

ふたりとも、常識をわきまえているにもかかわらず、非常識な行動に出たのは、幸希を好きだからだ。

ペットと恋人と、向ける想いは違っているが、それだけは、痛いほど伝わってくる。

幸希がリビングに戻ると、親友ふたりは、さっきまで怒鳴り合っていたのが嘘のように、ちゃぶ台に向かい合って座り、なかよくプリンを食べている。

「来たか、幸希。ほら、俺の膝に座れ」

「何を言っている。さあ、幸希君、俺の隣に座って」

「……えっと」

「幸希は俺の膝に座るんだ！」

「俺の隣だよな、幸希君？」

いずれも、自分の方に来ると信じて疑わない二組のまなざしを注がれて、幸希はため息をつくと、古閑と関谷の真ん中に座った。

幸希が戻って三人になると、まず、関谷が会話の口火を切った。

「……それで、なぜ古閑はここに来たんだ？」

「幸希に謝りたかったからだ。自分が少々……いや、かなり、やりすぎていたと反省したんだ。改めて、幸希に謝って……その、できることなら、これからは恋人としてでいいから、俺とつきあってほしい」

　古閑が、いっきに要件を告げた。関谷の表情が硬くなり、幸希はあっけに取られながら、古閑を見返した。

　まさか、こんなに早く、前言撤回するなんて……。でも、全然、嬉しくない。

　嬉しくないのは、古閑さんはあくまでも僕をペットとしてそばに置きたいだけで、名称を恋人にかえて、お茶を濁そうとしているだけだって、わかるからだ。

「謝罪は受けます。でも……恋人としてのおつきあいは、お断りします」

「どうして！　おまえは俺の、恋人になりたかったんだろう？」

「……だって、古閑さんが本気で僕を恋人にしたいと思ってるとは、思えないから。結局、古閑さんがほしいのは、チャイなんでしょう？　僕は、あくまでもチャイのかわりで……僕自身に惹かれているわけじゃない」

「そんなことない。幸希のことをかわいいと思ってるし、一緒にいると幸せだし、幸希の飯だって、毎日でも食いたいくらい気に入ってる」

　古閑の言葉に、幸希はため息をついた。

　そういう言葉がほしいんじゃない。でも、僕は、どんな言葉がほしいんだろう。古閑さんがなんて言ったら、つきあってもいいと、思えるんだろう。

　わからない。もう少しで手が届きそうなのに、上手くそれが、摑めない。

「おい、古閑。それじゃあ、幸希君とチャイの違いは、飯を作れるか作れないか以外にないじゃないか。それでは、幸希君に対してあんまりだ」

「……あんまりと言われても……。同じように愛しいんだ。大切で、宝物で、一緒にいたい。旨い飯を腹いっぱい食わせたい。それは、愛だろう。動物と人間と、分けられる感情じゃない。分ける意味がどこにあるんだ？　それに、俺は……幸希がしたいなら、セックスしてもいいと思ってる」

幸希は、パリン、と心の中で何かが壊れる音が、聞こえた気がした。

あぁ……。古閑さんは、最大限の譲歩をしてくれているんだ。本当は、セックスしたくないのに、僕のために、したくもないことをしようとしてくれてるんだ。

だけど、ちっとも嬉しくない。

「僕は……義務感でされたいわけじゃないです。古閑さんに、心から僕をほしいと、思ってほしかったんです」

「幸希のことはほしい、初めて見た瞬間から、幸希のすべてをほしかった。それは、今もかわらない。一瞬たりとも、そう思わなかった時はない」

「違います。そうじゃないんです……。どう言ったら、わかってくれるんですか？」

悲しいくらい、幸希と古閑の〝ほしい〟は、噛み合っていなかった。

頭をふりながら、幸希が半泣きで答える。

「もう、諦《あきら》めろ、古閑。おまえが何か言うと、それだけ、幸希君が傷つく」

「誰が諦めるか。それに、おまえには、幸希が言ってる、ほしいの意味がわかるのか？」

「わかる。俺は、幸希君に触れたい。許されるなら、キスもしたいし、セックスだってしたい。俺のほしいは、そういう好きだからな」

「キス？　セックス？　幸希は男だぞ。おまえ、同性愛趣味はないじゃないか」

「確かに、俺は、セックスするなら女がいい。だが、幸希君は別なんだ。他のどの女より、俺を惹きつけ、虜《とりこ》にする」

あぁ、これだ。と、幸希が心の中でつぶやいた。

僕がほしかったのは、こういう言葉――情熱――だったんだ。

しかし、幸希がほしい言葉を口にしたのは、古閑ではなく、関谷であった。

「……関谷、おまえ、本気か？　本当に幸希とキスやセックスができるのか？」

「できる。なんなら、今すぐここで証明してみせようか？　……幸希君、すまない。こんな経緯でするなど不本意なんだが、許してくれ」

「……えっ？」

幸希の視界が暗くなったと思ったら、関谷の顔で覆われ、唇に、柔らかいものが触れた。

半開きになった唇の隙間から、熱い肉が忍び込んでくる。

僕の、ファーストキス……!!

身を捩《よじ》ろうとすると、関谷が幸希を両腕で抱き締め、それを許さなかった。

身を固くして、半泣きになりながら、幸希が関谷のキスを受け入れる。

「幸希を抱き締めていいのは、俺だけだ！」

関谷の行動に古閑が反応し、すばやく幸希の背後に回った。

……キスされてることは、どうでもいいのか……。

古閑の反応に、幸希が落胆する。落胆しつつ、顔をひねり、関谷のキスから逃れた。

「やめてください。僕は……まだ、関谷さんとこういうことをしたくないんです」

「気持ち悪いのなら、言ってくれ。すぐにやめる。君の嫌がることは、しないつもりだ」

「……気持ち悪くはないです」

しかし、気持ち良くもない。唇と唇の粘膜接触としか言いようがない。

それよりも、幸希は背中に伝わる古閑の体温に、ずっと感じていた。古閑の手が、所有権を主張するように幸希の太腿に置かれている。

素肌に古閑の手で触れられるだけで、体が熱くなってしまう。

「気持ち悪くないなら……いいね？」

関谷が情欲に憑《つ》かれたまなざしで幸希を見つめた。

理知的で、紳士な関谷が、ただの雄にかわっている。

「駄目です。古閑さんがいるのに……。せめて、古閑さんが帰ってからにしてください」

「誰が帰るか！　九日ぶりに幸希に会えたっていうのに。俺は、もっと幸希を堪能したいんだ。せめて一時間はこうして、幸希を補給する」

古閑の溺愛癖が、悪い方に作用した。突拍子もない返答に、幸希が絶句する。

どうして、そうなるんだよ!!　古閑さんの馬鹿！　どうして、関谷さんを止めないの？

「ちょうどいい機会だし、古閑に見せつけよう。古閑は、幸希君に性欲があることが、耐えがたいようだから。君が俺の手でイく姿を見れば、きっと身を引くだろう」

関谷が幸希の右耳に唇を寄せ、熱く湿った息を吐きかける。

すると古閑が、負けじとばかりに左耳へ低音で囁いた。

「幸希の射精シーンを見たくらいで、俺の愛は減らないさ」

「ぼ、僕は、他人に見られながらそういうことする趣味は、ありません！」

古閑と関谷。ふたりの男に前後を挟まれながら、幸希が言い募る。

しかし、幸希の言葉は耳に入ってないかの如《ごと》く、関谷がTシャツを捲《まく》りあげた。

そのまま、じりじりと関谷の手が胸元に近づき、指先が胸の突起に触れる。

関谷は、幸希の乳首を愛撫しながら、首筋に顔を埋《うず》める。すると、むきだしになった幸希の脇腹に、古閑が左手で触れた。

その瞬間、幸希の背筋が、ぞくっと震えた。

震えはすぐに快感にかわり、関谷にいじられている乳首に、甘い痺《しび》れが走った。

古閑さんさえいなければ……ううん、触りさえしなければこんなに感じないのに。

「やっ。……やめて、古閑さん、触らないで……」

「関谷は良くて、俺は駄目？　そんな言い分、聞けるか」

幸希の制止に、古閑が声を荒らげて答える。

それだけではない。太腿に置いていた手を、内腿に移動させた。ハーフパンツの裾《すそ》がたくしあがり、外気に晒《さら》された肌を、古閑の熱が侵蝕した。

「俺に触られて、おまえは、蕩けそうな顔をしてたじゃないか。それなのに、触るなだって？　冗談も休み休み言え」

「冗談じゃ……ありま、せん……っ」

気持ち良すぎるから、まずいのだ。古閑の熱を感じただけで、熱せられたバターのように、体がぐずぐずに蕩けてしまう。

「あ、駄目……っ。ん、あ……っ」

股間に近い場所に熱を感じて、肌が火照《ほて》りはじめる。

肌が敏感になることで、わずかな――古閑以外の刺激にも――感じてしまう。

つまり、関谷の愛撫にも反応するようになっている。

「幸希君、なんて声だ……。ちゃんと、俺の愛撫に感じてるんだ……」

安心したような、それでいて泣きそうな声で関谷が囁いた。

君が感じてくれるか、すごく、不安だった。

そんな関谷の心の声が、幸希には聞こえたような気がした。

違う、と答えると、関谷を酷く傷つけてしまいそうで、幸希は否定できない。

古閑のことは大好きで、関谷は、大切な人だった。

僕は、いったい、どうしたらいい？

迷う間にも、関谷の指で乳首を摘《つま》まれ、幸希の腰が小さく跳ねた。

ふたりの男に前後を挟まれ、異様な熱気と欲情の気配に包まれて、幸希が昂ぶってゆく。

「や……、あ、や……んっ」

甘い声に誘われたように、関谷が胸元に唇を寄せた。

執拗《しつよう》にいじられ続けた淡い突起は、すでに硬く尖《とが》っている。

「あぁっ。駄目、駄目、そこは……っ」

乳首を舐められて、快感が込みあげる。

ここが、こんなに、感じるなんて。……感じたくないのに、でも、体が熱い。

四本の腕からの愛撫――関谷は乳首を舐めつつ、もう片方の乳首を指で捏《こ》ね、古閑は脇腹と内腿といった、性感帯を責めている――に、幸希の呼吸が荒くなる。

「ふたりとも、もう、やめて……。これ以上やったら、洒落《しゃれ》になりません、から……っ」

右手で関谷の肩を押し、左手で古閑の左手を摑みながら、幸希が訴える。

「すまない、幸希君。俺は、最初から洒落にするつもりはない」

「俺だって、やめるつもりはない。関谷がやめないのに、俺が引くと思うか？」

「そんなことで、意地の張り合いは、やめてください。……んっ！」

苦情を言い立てた幸希の唇を、うるさいとばかりに古関が唇でふさいだ。

あれ、僕……古関さんに、キス、されてる？

幸希の鼻腔《びこう》が、古関の匂いでいっぱいになった。その匂いを嗅いだだけで、陰茎が強く脈打つ。

唇を舌でなぞられると、肌が粟立《あわだ》ち、体の芯《しん》が快感に蕩けてゆく。象牙《ぞうげ》の粒を舌先が辿ったかと思うと、柔らかな肉が口腔《こうこう》内に忍び込んだ。粘膜で古関を感じる。それだけで、胸が、切なく締めつけられた。

手が届かないと思っていたものが、手に入った喜び。しかし、状況は最悪だった。

――もう、もう、もう!!――

喜べばいいのか、泣けばいいのか、怒ればいいのかわからない。

それでも体は正直で、幸希は古関の舌に舌で触れた。そうせずには、いられなかった。

古関の舌を舌で感じた瞬間、心臓が脈打ち、そして、強い快感が生じた。

腹の底から込みあげた何かが、喉元までせりあがり、そして、幸希の瞳が潤んだ。

けれども、幸希の舌が触れると、すぐ――逃げるように――、古関の舌が引っ込んだ。

唇が離れ、古閑の熱も離れてゆく。

驚いたという顔で、古閑が幸希を見おろしていた。

あぁ、そうか。古閑さんは僕が自分から舌で触れたから、それに驚いたか興ざめするかして、キスを、やめたのか。

「……っ。………」

幸希がまぶたを閉じると、目尻から雫《しずく》が一筋、流れ落ちた。

その時、古閑との口づけで興奮した幸希の性器に、関谷が手で触れた。

「あっ」

ハーフパンツの上から膨らみを包むように手を添えられ、幸希の体がしなった。

ここをこんなふうに誰かに触られるのは、幸希にとって初めてのことだ。

口づけの余韻が残る体が、強烈な快感を訴えてくる。

「っ、……っ。やめて……ください……関谷さん」

「今やめたら、君の方が辛い」

関谷が熱っぽい目をして、下着ごと幸希のハーフパンツをおろす。

太腿が冷気を感じる。幸希が恐る恐る下半身に視線を向けると、昂ぶった性器が露《あら》わになっていた。

「嫌！　見ないで!!」

慌てて幸希が股間を両手で押さえるが、その手は、古閑と関谷に片方ずつ摑まれる。

「もう、やめてください。僕の……ここを見ても、汚いだけでしょう」

「幸希には、どこも汚いところなんかない」と、真顔で古閑が答える。

「その通りだ。幸希君のコレは……白くて、とても愛らしいな」と、関谷が応じる。

半ば皮を被った先端が、ふたりの男に凝視され、恥ずかしげに蜜を漏らす。

ふっくらしたピンクの肉に、関谷が誘われるように右手を伸ばした。

「あっ。……っ。ん……っ」

関谷の手は、熱かった。その熱に包まれて、陰茎がそり返る。

「あ、あ、あぁ……っ」

「ここが、すごく元気になった。……幸希君、コレは、そんなに気持ちいいかい？」

関谷は、幸希の反応がよほど嬉しいようであった。

やわやわと茎をしごき、そして親指の腹で赤く染まった先端を擦る。

「ん、あぁ……っ！」

関谷の手の中で、性器が暴れた。昂ぶった陰茎に、関谷が顔を寄せる。

「舐めちゃ、駄目。……あっ！」

幸希の制止も虚しく、熱く湿った肉に、先端が包まれてしまう。

恥ずかしいと思う間もなく、そこが反応して、陰茎が強く脈打つ。

関谷さんが……口でしてる……。なんで、どうして、そんなこと……っ。

股間に顔を埋めた関谷のつむじを、幸希は信じられないという目で見やった。

そんな幸希の胸の突起に、古閑が手を伸ばした。

ねぶられ、吸いあげられ、敏感になった性感帯に、古閑の手が触れる。

その瞬間、幸希の全身を快感が襲った。

「あっ。あ……っ。ん、っ、……っ」

古閑の指が、尖った粒を軽く上下に擦りはじめる。

幸希の肌が火照り、血液がいっきに股間に集まった。

劇薬のように、古閑の愛撫は、幸希の体を激しく煽《あお》り立てる。

「あ、あ、あ……っ。んっ……っ」

あえぐ幸希のうなじに、古閑の湿った息が吹きかかる。その間、関谷は幸希の竿《さお》を舐め、
先端と茎の継ぎ目を舌で刺激していた。

陰茎と乳首をふたりがかりで愛撫され、幸希の中で快感が奔流のように渦巻いた。

「イく……。もう、イく……っ」

関谷の口や顔に出すのは、恥ずかしすぎて耐えられない。

「やめて、ください。口から……出して、お願い」

内側から炙《あぶ》られるような快感を堪《こら》えながら、幸希が言葉をふり絞る。

しかし、関谷は茎を口に含んだままで、あろうことか、強く吸いあげさえした。

その動きと呼応するように、古閑が突起を摘み、捏ねるように指を動かす。

それが最後のとどめとなって、欲望が噴き出した。

「——あぁ……っ」

白濁を、関谷は口で受け止めた。精を放つわずかな時間が途方もなく重く、長く、幸希には感じた。射精の解放感も消し飛ぶような衝撃に襲われる。

「どうして……。どうして、口から、出さないんですか！」

「俺の幸希君への想いを、証明したかった」

微妙な表情をしながら、関谷が答える。そして、グラスに手を伸ばし、残っていた麦茶を一息に飲み干した。

これって、僕のを全部……飲んじゃったってこと……？

確かに、関谷さんの僕への想いは本物だと思う……。だけど……、僕は、こんなことで証明してほしくなかった。

「わかりました。だけど……もう、お願いですから、ふたりとも帰ってください」

古閑が握っていた手首を、幸希が乱暴にふり払う。

幸希は腰を浮かして古閑の胸から逃れ、下着とハーフパンツを引きあげる。

快楽で潤んだ瞳で古閑と関谷を睨《にら》みつけながら、幸希が自分を守るように、両腕を体に回した。

「僕は、関谷さんをとても大切に思ってます。古関さんのことは、今でも好きです。でも、こんなことをされたら……。僕は、ふたりとも、嫌いになりそうです」

嫌いになった、ではなく、嫌いになりそう、というのが、幸希らしいところだった。

「幸希君……すまない……」

「悪かった」

「謝罪はいいですから、今すぐ、出て行ってください。ふたりとも——僕がいいと言うまで——ここには、絶対に、来ないでください。連絡もしないで。僕はしばらく、あなたたちに会いたくない。……お願いだから、気持ちを整理する時間をください」

そう告げる間も、幸希は神経がやすりで削られるように、精神が消耗していた。

とても苛立《いらだ》っていて、それを抑える気力がない。

「あなたたちが僕にしたことが、どういうことか、わかってますか？　僕が望んでないのに無理やり……。早く、出て行って、僕をひとりにしてください!!」

幸希が大声を出し、ちゃぶ台を拳で叩いた。

ここまでして、ようやく、関谷と古関が立ちあがる。

「幸希君、本当に、すまなかった」

「……悪かったよ。久しぶりに幸希に会えて、浮かれすぎた」

口々に謝りながら、古閑と関谷が出て行った。

幸希は、ふたりを見送らず、鉄の扉が閉まる音を聞いて、ようやく息をついた。

「なんなんだよ、もう……。ふたりとも、僕を、なんだと思ってるの……？」

今にも泣きそうな声でつぶやく。気づけばまぶたが熱くなっていた。

好きだから、触れたいのは、わかる。だからといって、無理やり――ふたりがかりで――するなんて、酷すぎるよ。

瞬《まばた》きすると、涙がこぼれた。

こんな時こそ、誰かに、優しく髪を撫でられたかった。

大丈夫と、優しい声で慰めてほしかった。


「関谷が悪い」

「いいや、古閑のせいだ」

「おまえが、あんなことをおっぱじめなければ、俺だって幸希を怒らせるようなことはしなかった」

「だったら俺を止めればいいのに、便乗して幸希君に触りまくっていただろうが!!」

マンションのエントランスを出た途端、古閑と関谷は醜い言い争いをはじめた。

「……幸希君、本当に怒っていたな……」

「あれは、本気だった。オーラが真っ赤でぶわっと大きくなってたからな……」

優しい真珠のオーラが、烈火のルビーへとかわっていた。

それはそれで美しく、古閑は、不謹慎にも一瞬見とれてしまったのだが。

「幸希君は、いつになったら、許してくれるだろうか」

「あぁいうタイプは、一度怒るとなかなか怒りがおさまらないから、いつになるか、正直、わからない」

「それだけのことをしてしまったからな……。幸希君は、本当におまえのことが好きなんだよ。古閑の話をすると、すごく楽しそうに聞いているし、それに……おまえが現れて、一瞬だけど、とても嬉しそうな顔をしたんだ。あの顔を見たら、俺じゃ駄目なのかと、すごく苛立ってしまった……」

「当たり前だ。幸希にとって、俺は特別だからな」

「古閑よ、その自信は、どこから来るんだ？」

「どこからだろうな。俺の幸せと幸希の幸せは、ぴったり重なってる。それがわかるんだよ。理屈じゃなくて、感覚的に」

なぜ？　と問うても答えはない。ただ、それがそうであるからなのだ。

「それより、俺がいない間に、随分、幸希となかよくなっていたじゃないか。大切な人……だったか……。いったい、何をして、そこまで評価をあげたんだ？」

「たいしたことじゃない。……父の人脈を使って……幸希君に恩を売って……俺から離れられないようにした」

関谷が憂鬱《ゆううつ》そうに、幸希の祖父が倒れてから、今日の食事会までの経緯を説明した。

「お祖父さんのケアハウス……それに、就職先や新しい住まいまで用意したのか。それは、幸希もおまえに恩を感じるだろうな」

平静な顔で答えながら、危なかったと、古関は内心でひとりごちた。

幸希の性格からしたら、いずれ、関谷とつきあうこともあり得た。いや、そもそも、幸希は関谷の分もおにぎりを用意したり、やたら褒めてたり、好意的だったんだ。

これは、うかうかしていたら、本当に幸希は関谷のものになってしまうかもしれない。

「…………」

古関は、改めて十年来の親友を見た。

堅物だが、根は優しいし、気も利く。育ちはいいし、顔立ちも悪くない。今は、好き好んで古関の会社を手伝っているが、関谷にも経営者として起業する才覚は充分ある。

真面目だから、浮気はしないだろうし、恋人を大事にするだろう。関谷が、今まで俺にしてくれたように、細やかに幸希に気を配れば……幸希は、幸せになるだろう。

「関谷は、恋人としては面白みに欠けるが、夫にするなら、かなり上玉だな」

「いったい、何を言い出すんだ」

「幸希とおまえがつきあうところを想像したら、幸希が無茶苦茶幸せな未来しか思い描けなかった」

「だったら、俺と幸希君がつきあうのに協力してくれるか?」

「それは…………できない」

ふと、古閑の指に幸希の乳首の感触が蘇った。

小さい粒は愛しくて、病みつきになりそうな手触りだった。

幸希の乳首を撫でた指で唇に触れると、口づけの感触も思い出した。

なんで、俺は、キスをやめた?

あの時は、幸希が、応じて……俺に欲望したことで、胸の奥が冷たくなった。まるで、頭から冷や水を浴びせかけられたように、醒《さ》めたのだ。

俺は……幸希が怖いのだろうか? まさか。愛しくてかわいい。幸せにしたい。だけど……俺に欲情する幸希は、怖い。

どうして幸希が怖いんだ? どうして、愛だけじゃない? どうして? その理由が、わからない。

「なんで俺は、セックスが……俺に欲情する人間が、怖いんだろうなぁ」

「そりゃあ、両親のこととか、いろいろあったからだろう」

なんの気なしにつぶやいた言葉に、あっさりと関谷が答えを返す。

「どういうことだ？　詳しく説明してくれ！」

「だから。おまえは、妊娠やセックスを道具に使われるのが嫌なんだよ。たぶんだが、古閑は、自分の出生に、心の深いところで納得してない。その上で、今まで寄ってきた女がロクでもなかったから、積極的にされるのが、怖いんだろう」

「関谷は、俺が、セックスを恐れていると、前からわかっていたのか？」

「おまえが結婚は見合いがいいと言い出した段階で察していた。おまえの――心の傷っていうのか――を、抉《えぐ》りたいわけじゃないから、あえて言わなかっただけだ」

十年来の親友の心遣いを、古閑は、今更ながらに理解した。

「そうだったのか。……すまなかったな。気を遣わせて」

「気なんか遣ってない。……それよりも、そういう意味では、俺は、古閑が幸希君を拒絶する理由がさっぱりわからない。幸希君を見そめたのも、ガンガン迫ったのもおまえだろう？　俺と幸希君が恋人同士になるのに協力できないっていうのは、本音では、おまえは幸希君をペットじゃなくて恋人にしたいからなんじゃないか？」

理路整然と説明されて、古閑は、横っ面をぶん殴られたような気分になった。

俺は……幸希を恋人にしたかったのか……。

極々当たり前のことに、今、はじめて古閑は気がついた。

頭の中の霧がすっと晴れたように、思考がクリアーになる。

「馬鹿だなぁ、俺は。なんで、そんな当たり前のことに、今まで気づかなかったんだろう？」

「どうしてだろうな。……考えるのも嫌なくらい、セックスが怖かったんじゃないか？」

「そうかもなぁ……。だが、そのせいで、幸希を傷つけてしまった。……あぁあああ！」

ふいに大声を出すと、古閑が髪をかきむしってその場にしゃがみ込んだ。

自分が怖かったもの、その正体がわかってしまえば、もう、それは怖くなくなる。

古閑を襲ったのは、深い後悔と、そして激しい恋情であった。

「もう少し早く気づいていれば、今頃、キスもセックスも、やり放題だったのに……！」

「それはそうかもしれないが、俺の前でそれを言うか。俺だって、まだ、彼を好きなんだし、諦めたわけでもない」

「……そうだった。すまなかった」

「謝られても……。俺たちは、ふたり揃って、幸希君から顔を見せるなと言われたばかりということを、忘れるなよ」

「わかってる。……ところで、関谷は、幸希のどこに惚れたんだ？」

古閑が立ちあがり、親友をまっすぐ見返した。

「気になりはじめたきっかけは、目だよ。古関を見つめる目が、ひたむきで……一途《いちず》で、好感を持った。親切にしたいと思ううちに、気がついたら、どうしたら彼の力になれるかばかり、考えていた。ケアハウスや就職の件は、その一環だ。彼のために、と考えている間は、すごく楽しくて、これは恋だと気がついた」

「そうか」

「誰かを好きになるのは、楽しいし幸せなことだと、改めてわかった。彼のおかげだよ。だから……俺は……幸希君が幸せになることだけを望みたい。そんなふうに心から思えたのは、彼が、初めてだ」

それは、恋じゃなくて愛だろう、と古関が心の中でつぶやく。

恋よりもずっと、大きくて、見返りを求めない感情だ。

「関谷、おまえはすごいよ。おまえに比べれば、俺の幸希に対する感情は、ただの執着や独占欲かもな」

古関が空を見あげた。綺麗《きれい》な月が、ぽっかり空に浮かんでいる。

「人の気持ちなんて、単純に測れるものじゃない。俺だって、幸希君が、古関を――それ以外の誰かでも――好きになって、つきあうことになった時に、ちゃんと祝福できるかどうか、その時になってみないと、わからないんだ」

古関につられたように関谷も空を仰ぎ見た。

ふたりが、同じ月を眺める。

古閑のスマホが着信音を奏ではじめた。宇都宮からの電話だ。

『もしもし、俺だけど。幸希君には無事に会えたか？』

「あぁ。幸希は前のアパートから引っ越して、関谷のマンションに住んでいた」

『なんでまた、関谷のとこに？』

「関谷のデートの相手が、幸希だったんだ」

『……なるほど。そういうことね』と、答えると、宇都宮が爆笑した。

『関谷の奴……、おまえに憧《あこが》れるあまりに、こじらせて、おまえになりかわろうと、おまえのペットに迫ったわけか。そんなことしても、関谷は古閑にはなれないっていうのに』

「違う。純粋に、関谷は幸希に惚れたんだ。なにせ、幸希のかわいさは無限大だからな」

『はいはい、言ってろって。確かに、あの子はエロいさ。男にしては顔もかわいいし。……だからって、よりにもよっておまえのペットに惚れるってのは、関谷に抑圧された欲望が――おまえに勝ちたいとか――あったとしか思えないけど』

「おまえがどう思おうと勝手だが、それを関谷には絶対に言うな」

関谷は、心から幸希を愛しているのだ。その想いは、本当だ。宇都宮の下種《げす》な勘ぐりで、無駄に関谷に傷ついてほしくない。

それが、古閑の真意だった。古閑にとって関谷はたとえ恋のライバルであろうとも、それ以上に大事な友人であった。

『わかりました。クライアント様の言うことは、絶対ですから』

軽口を叩きながらも、宇都宮が了承した。

宇都宮は軽いが、約束は守る。その点は、古閑も宇都宮を信用していた。

「そうだ。宇都宮に頼みがあるんだ。明日……いや、明日じゃなくてもいいから、幸希に会って、話を聞いてほしい」

『なんで？　話があるなら、直接、幸希君に聞けばいいじゃないか』

「その疑問はもっともだ。実は……」と、古閑がさっきの出来事をかいつまんで説明する。

『おまえら……揃いも揃って、いい大人が、何やってんだぁ？』

「そう言うなって。俺たちも反省してる」

『俺は、幸希君にふたりを許すように説得すればいいんだな。幸希君の職場はおまえのとこの表参道店か。明日にでも行ってみる』

「頼む。今は、完全に手詰まりなんだ。少しでも早く、幸希に許してもらいたい」

『ひとつ、貸しにしておいてやるよ。じゃあな』

宇都宮が通話を終わらせた。

幸希との間に、細くはあっても、つながりを戻せそうで、古閑は安堵の息を吐いた。

「宇都宮に、幸希と会って、俺たちとの仲を取りなしてくれるよう頼んだ」

「助かった。宇都宮なら、きっと幸希君に上手く取りなしてくれるだろう」

明るい声で関谷が返し、再び並んで歩き出す。

そんなふたりを、月の光が照らしていた。

白く、清らかな光を放つ月を見て、古閑は、まるで幸希のようだと思っていた。


幸希が古閑の会社——カフェの表参道店だ——で、働きはじめて、五日目。

仕事のメインはバックヤードで、バイトの勤怠管理や在庫や資材の管理、お金の管理に、帳簿つけといった業務であった。

今週いっぱい、幸希は朝番のシフトで、開店前の準備とデスクワークの他に、いつでもヘルプに入れるよう、厨房《ちゅうぼう》とフロアの仕事に慣れているところだ。

幸希が出社し、制服に着替えてバックヤードに入ると、店長の矢野《やの》——三十歳の女性だ——が、にこやかに挨拶してきた。

「おはよう。仕事には慣れてきた？」

「はい。覚えることが多くて、大変ですけど楽しいです」

矢野は細やかな気配りができる人で、幸希が人見知りとわかっているのか、朝、ふたりだけの時に、気さくに話しかけてくる。

「高嶺君は、包丁さばきがいいよね。もしかして、前に飲食業界で働いてた？」

「いいえ。ただ、料理は高校生の時からやってるので、慣れています」

「料理男子か。いいねぇ」

矢野が朗らかに笑ったところで、ビジネススーツをビシっと決めた二十代後半の女性がバックヤードにやってくる。

「あれ、橋本《はしもと》さん、今日、うちに巡回の予定でしたっけ？」

「昨日の晩、急に決まったんです。社長から電話があって、新入社員の……高嶺君？　彼の様子を、見てきてくれ、と」

橋本の口から社長という単語を聞いて、幸希の胸が大きく脈打った。

「この子が高嶺君よ。こちらはエリアマネージャーの橋本さん。創業してすぐからうちの会社で働いている、生き字引みたいな人よ」

「高嶺です。よろしくお願いします」

矢野に紹介されて、慌てて幸希が頭をさげる。

「よろしく。高嶺君は、飲食業界は初めてだからと、社長が気にしていました」

「確かに、飲食業界が初めてで、うちに中途入社は珍しいものね。さすが社長だわ。……そういえば、社長って、昨日出張から帰国したのよね。どうせなら、直接店に来てくれれば、バイトの子たちもやる気を出すのに」

「社長は、独身でイケメンですから。若い子が憧れるのも当然です」

矢野の言葉に、苦々しげに橋本が応じた。

あ、この人、古関さんのことが好きなのかも。そう思って、幸希が改めて橋本を見た。

橋本は、きちんと化粧をして、背筋がきりっと伸びていて、関谷を女にしたら、こんな感じになりそうだ、と思わせる人物だ。

「中には、本気で狙《ねら》ってる子もいるわよ。私は旦那《だんな》一筋だから、楽しく傍観してるけど」

「そういえば、昨日の電話で、社長に元気がなかったんですよ。海外視察に行く前はずっとハイテンションだっただけに、心配で……」

「社長って、新しいペットを飼ったんじゃなかった？　それでも元気がないの？」

矢野の言葉に、幸希が吹き出しそうになった。

この会社は、社長が、新しいペットを飼ったことまで、二週間で知れ渡っちゃうんだ。

「ねぇ、橋本さん。社長といえば、先週と先々週は、いかにも手作りですっておにぎりを昼食に持参してたのよね？　ペットって言ってるけど、本当は新しい恋人なのかも」

「おにぎりは関谷さんの分もありました。新しい恋人が、関谷さんの分までおにぎりを作ると思いますか？　私だったら、社長の分だけ、きちんとしたお弁当を作ります」

「関谷さん公認の彼女なら、それもアリでしょ。社長の分だけじゃなくて、関谷さんの分まで作る方が、社長へのアピールとしては効果的よ。それをわかってやってるんだったら、新しい恋人は、相当、社長のツボを心得ていて、的確に攻めてると思うなぁ」

そんなつもりじゃなかったんです！　ただ、関谷さんも目の前にいるのに、古関さんの分だけ作るわけにはいかなくて……。

誰に聞かれたわけでもないのに、幸希が必死になって心の中で言い訳をする。

新しい恋人の出現が不愉快なのか、橋本が強《こわ》ばった表情で口を開いた。

「まだ、彼女と決まったわけじゃないでしょう」

「そうね。……社長の新しいペットって、猫だっけ？」

「たぶん。社長は、はっきりと言わなくて……。ペットの画像をスマホの待ち受けにしているようなんですけど、なかなか盗み見る機会もないし」

なんだか、すごい世界だな。

古関さんって、いつも、こんなふうに周りの人から一挙手一投足を観察されてるんだ。それで、変化があったら、すぐにみんなに知られちゃって……。

それじゃあ、気が安まる暇もないだろうな……。古関さん、ガツガツした女の人は、苦手なのに。あぁ、だから、チャイが……ただ、愛を受けて、返すだけの存在が、古関さんには、必要だったんだ。

自宅でくらい、癒されたいって、思ってたんだ。だから、僕が古関さんに欲情しちゃったことは、古関さんにとっては、すごく……煩わしかったのかもしれない。

昨日だって、――関谷さんの暴走を止めてほしかったけど――、僕を補給するとか、言っていた。

ここに来て、古閑が置かれている環境を知ったことで、幸希の心が揺らぎはじめた。

昨日、古閑さんと関谷さんにされたことは、どんな理由があったとしても、許すことはできない。でも、僕に悪いところがなかった、とも……言えない。

僕は、もう少し、古閑さんの立場とか、どうしてあんなに必死に僕をバイトに誘ったのかとか……理由を考えて、古閑さんを理解できたかもしれないんだ。

古閑に会って謝りたい気持ちはあるが、かといって昨晩されたことへの怒りも、まだ、消えていない。

幸希は古閑に会いたいような、声も聞きたくないような、どっちつかずの状態になる。

確実なのは、古閑のことばかり考えてしまうということだ。

愛情の反対は無関心……だっけ……。古閑さんのことが気になってしょうがないっていうのは、僕は、あんなことをされても、まだ、古閑さんを好きってことだ。

古閑さんのしたことは、許せない。だけど僕は、許せたら……、と思いはじめている。

「あんなことさえ、なかったら……」そう、悩ましげに幸希がつぶやく。

なかったことにはできないけど、全部受け入れられたら、と願いはじめている。

「高嶺君、どうしましたか。あまり元気がないようですけど」

「いえ、なんでもありません」

「そうですか？　もし、矢野さんにも話しづらいことがあれば、私に連絡してください」

「店長や店の人たちには、すごく良くしてもらってます」

「高嶺君、違うって。高嶺君が橋本さんにメールで相談したら、橋本さんが社長に報告するでしょ？　つまり、社長と話す機会が一回増えるってこと。察してあげなさいって」

「すみません、気が利かなくて。今日の昼休憩の時に、お礼のメールを送ります。……それでいいですか？」

幸希が矢野の顔を見ながら尋ねると、矢野がそうそう、と、うなずいた。

……なんだか、すごく、疲れるな。どうして僕が、古閑さんを好きな人と古閑さんが両想いになるよう協力しなくちゃいけないんだろう？

店で働くと決めた時には、ただ、古閑と――細くてもいいから――つながっていたかった。ただ、それだけだった。

それなのに、古閑と他人がつきあうために、協力するはめになってしまった。

嫌だ……。こんなこと、したくない。でも……約束は守らないと。

胸の痛みに耐えつつ、幸希は律儀に昼休み、橋本にお礼のメールを送った。

社長に、お心遣いありがとうございますとお伝えください、と、書き添えて。

「これで、橋本さんも、古閑さんに直接会って話す名分ができたよね……」

ランチタイムも終わる頃、バックヤードで幸希がひとりごちた時、固定電話が鳴った。

「はい、カフェ・アバンダンティア表参道店でございます」

『幸希君？　宇都宮です。君と話したくて電話したんだ。俺、君の携帯番号を知らないんだよね。そっちにかけ直すから、教えてくれる？』

……たぶん、古関さんか関谷さんが、宇都宮さんに、僕と話をするようにって頼んだんだろうなぁ。それ以外に、宇都宮さんが僕に電話をかける理由はない。

宇都宮とは一度しか会っていない。営業職だけあって、オープンで親しげに話しかけてはくるが、幸希自身にはあまり興味がないと、幸希はうすうす感じていた。

「今、昼休憩中なんです。あと十五分くらいありますから、今、お話できますか？　長くなりそうでしたら、四時に仕事あがりなので、それ以降に電話をしますけど」

『じゃあ、仕事終わった後、用事ある？　もちろん、ないよね。四時ちょっと過ぎに、店まで迎えに行くから、夕食を一緒に食べよう。ご馳走《ちそう》するよ』

「……わかりました」

なんとなく釈然としないものを感じながらも、幸希は宇都宮の誘いを受けた。

それから、互いに電話番号を交換して、通話を終える。

宇都宮さんと話すと、なんとなく胸が、モヤモヤするんだよなぁ。

悪い人ではないのは、わかる。かといって、善人とも言い切れない気がする。

胸のモヤモヤをうまく説明できないまま、幸希は昼休憩を終え、四時となった。

幸希がロッカールームで着替えていると、携帯に宇都宮からメールが届いた。四時十分くらいに到着、とあった。

帰り支度を終えてカフェを出ると、すでに宇都宮が店の前で待っていた。

宇都宮は、お洒落な人が多い表参道でも、服装や雰囲気が際だって洗練されている。自信ありげで堂々としていて、華やかで目を惹くのだ。

古閑さんといる時は気がつかなかったけど、宇都宮さんって、かっこいいんだ。

「幸希君、お久しぶり。元気にしてた？」

「おかげさまで。宇都宮さんも、お元気そうで」

「そう見える？」

決まりきった挨拶——宇都宮は体調が悪そうでもなかった——に、真顔で問い返されて、幸希は言葉に詰まった。

「冗談だよ。さてと、これからどうしようか？　食事をするにしても、まだちょっと時間が早いよね。昼食が遅かったから、俺、まだ、腹が減ってないんだ」

「お話でしたら、適当な店でお茶でもしながらではどうでしょうか？」

「適当な店ねぇ……。いっそ、ここで話そうか」

宇都宮が職場を親指で示し、幸希が慌てて首をふった。

「さすがにそれは、勘弁してください！」

職場で、社長のプライベート——しかも、幸希がペットで古閑が飼い主だの、幸希が古閑と関谷にいかがわしいことをされた——など、とても話題にできない。

古閑と幸希の関係は、三日で会社中に広まるであろう。それは、幸希にとって、絶対に避けたい事態であった。

幸希が大きな声を出すと、宇都宮がにやりと笑った。

「冗談だって。こんな場所で古閑の話をしたら、古閑の立場が悪くなることくらい、俺だってわかってるさ。それにしても、君って、からかい甲斐《がい》のある子だなぁ」

やっぱり、僕、この人、苦手だ！

からかわないでください、と言える性格ではなく、幸希は腹立たしさを呑み込んだ。

「さて、本当にどうしようか。さすがに内容が内容だからなぁ。個室のある店で食事をしながら、と思ってたんだけど……カラオケじゃあ、俺が嫌だし。それ以外に、邪魔が入らずふたりきりで話せる場所かぁ……。ちょっと予定より早いけど、あそこに行くか」

宇都宮は、心当たりがあるのか、その場で手をあげた。空車のタクシーがふたりの真横で停まる。

「はい、乗った乗った」

そう言って、宇都宮が幸希をタクシーに押し込んだ。

古閑さんも強引だけど、宇都宮さんも結構、強引なんだな……。

心なしか、古閑と宇都宮はキャラクターが被っている気がする。とはいえ、同じ行動でも、幸希が受ける印象は大きく違う。

衝動的であるが、古閑の行動には裏がない。悪意もない。害意もない。しかし、宇都宮は違う。親切さの中に、何かが潜んでいる。

二十分ほどでタクシーは、タワーマンションの前で停まった。

コンシェルジュ常駐の高級マンションは、古閑の家でバイトしていた時に経験済みではあったが、根が庶民の幸希は入るのに躊躇《ちゅうちょ》してしまう。

早く、宇都宮さんとの話を終わらせて、家に帰ろう。

十二階でエレベーターを降り、三つ目の扉の前で宇都宮は立ち止まり、鍵を開けた。

「ここ、宇都宮さんのおうち……ですか？」

「違うよ」

下駄箱からスリッパをふたつ出し、宇都宮が先に廊下を歩き出した。

宇都宮さんの自宅じゃない、のに……宇都宮さんが鍵を持っている部屋……。じゃあ、ここは、いったいなんなんだろう？

小首を傾《かし》げつつ、幸希がスリッパを履いた。

短い廊下のつきあたりの扉を開けると、正面がキッチンだった。カウンターキッチンを挟んで居住スペースになっていて、手前にローテーブルとソファがあり、その奥に大きなベッドがふたつ並んでいた。

「……暑いね、冷房を入れよう。飲み物は何にする？」

宇都宮がビジネスバッグをソファに置くと、キッチンに向かった。

「飲み物なら、僕が……」

「君は、お客さんなんだからそこに座っていて。俺はビールにするけど、それでいい？」

「昼間からビールですか？」

「もう夕方だし、それに今日は金曜日で明日は休みだ。一週間、真面目に働いた自分に、ちょっと早いご褒美を……ってね」

戻ってきた宇都宮は、ビールで満たされたグラスをふたつ持っていた。

仕事が終わってすぐ移動して、その間に、幸希はすっかり喉が渇いていた。

グラスに注がれたビールが、とても美味しそうに見える。

ソファはふたりがけで、当然、幸希と宇都宮は並んで座った。

密着して座ったわけではないが、幸希は圧迫感を感じる。

……居心地、悪いなぁ。違う。僕は、誰かと並んで座った時は、いつもこんな感じだった。違ったのは……古閑さんが隣にいた時だけだ。

古閑のことを想いながら、幸希がビールを口にする。

冷えたビールは渇いた喉に心地良く、幸希はグラスの半分をいっきに空けてしまった。

「いい飲みっぷりだ。おかわりもあるから、どんどん飲みなよ。お酒はそんなに弱い方じゃないんだろう？　酔い潰《つぶ》れたら、ここに泊まっちゃいないよ。今夜は、俺が貸し切ってるから」

「貸し切り……。もしかして、この部屋って、民泊施設ですか？」

「民泊？　……まあ、そんなものかな」

宇都宮が目を瞬《しばたた》かせ、そしてグラスを空にした。

「ちまちま飲むのも、面倒臭いな」

ぼやきながら宇都宮がキッチンへ行き、そして、栓を抜いたビール瓶とつまみの袋を持って戻り、手酌でグラスを満たした。

「あの……それで、お話ってなんでしょうか？」

「古閑から、君の様子を見てくれって頼まれちゃってさ。とりあえず、その義理を果たしているところ」

「ご迷惑をおかけします」

「いや、サボりの口実ができたしね。……それより、飲まないの？」

恐縮する幸希に、宇都宮がグラスを指さした。

宇都宮の勧めに従い、幸希がグラスを空にした。いつもより、苦さが舌に残る。

「おつまみがほしいよねぇ。ここ、乾き物しかないんだよ。ビーフジャーキー食べる?」

宇都宮が袋を開けてテーブルに置くと、幸希のグラスにビールを注いだ。

肉厚なビーフジャーキーを口にする。美味しい。が、塩辛い。そして、幸希が誘われるようにビールを口にする。

いつもよりピッチが速いな。ちょっとセーブしよう。

幸希の頬が火照りはじめていた。まだ酔ってはいないが、このペースで飲めば酔うのは確実であり、その状態で満員電車に乗るのは避けたかった。

「ところでさ、幸希君、関谷とつきあってるんだって? 古閑にふられたら、すぐに関谷に乗り換えるなんて、君、意外と強《したた》かだよね」

「僕は、関谷さんと、おつきあいしてません。古閑さんがそう言ってたんですか?」

「古閑は……なんと言ってたかな? 覚えてないなぁ」

「だったら、それはあなたの誤解です。古閑さんが、嘘を言うはずありませんから」

グラスをテーブルに置き、幸希が宇都宮を見据える。

他の何を信じられなくても、僕は、それだけは信じられる。

その想いがこもったまなざしを受け、宇都宮が肩をすくめた。

「古閑のことを、よくわかってる……と、言いたげだな」

「宇都宮さんに比べれば、つきあいは短いですし、正直、あの人の行動は理解できないことも多いです。だけど……古関さんのことを、信じています」

「古関を信じてる、か……。そういうところが、君は、関谷に似てるな」

吐き捨てるような宇都宮の口ぶりに、幸希は、おや、と思う。

宇都宮さんは、関谷さんを――僕もだけど――、本当は、好きじゃないんだろうか？

少なくとも、僕に対して好意があるとも思えないし、本音では、話したくないんだろうな。……だったら、そろそろ、帰ろう。

「お話は、もう、終わりましたか？」

「いや、まだ終わってない。本題がまだだ」

「その本題というのは？」

「早く帰りたいって顔だね。せっかくふたりきりなんだし、ゆっくりお喋《しゃべ》りしようよ」

嫌です、とも言えず、幸希は黙ってうつむいた。

宇都宮が腕時計を一瞥《いちべつ》し、「あと五分」と、ひとりごちた。

その言葉に誘われて幸希も腕時計で時間を確認する。五時、五分前。

「五時になったら、本題を話してくれるんですか？」

「そういうこと。じゃあ、本題前の五分間、雑談しようか。実は、古関には、君の様子を見るだけじゃなくて、君との仲を取りなしてくれって依頼も受けてるんだ」

「やっぱり。では、古関さんと関谷さんに、もう怒ってないと伝えてください」

「あれ？　もう、あのふたりを許しちゃうの？　ふたりがかりで押さえつけられて、襲われたのに？　随分、寛容なんだねぇ」

「まだ許してはいませんが、怒ってもいないと、後で僕からふたりにメールします」

宇都宮と話していると、段々、幸希の頭がクリアーになっていった。

関谷さんには、おつきあいはできないと伝える。古関さんには、これからペットと飼い主として、会いましょうと伝える。

いやらしく触られたら、辛いけど、でも、古関さんの癒しになるなら、それでいい。

いろんなことを呑み込んで、古関にすべてを捧げる。その覚悟が、とうとう、ついた。

「……それで幸希君は、どうするつもり？」

「古関さんのペットに戻ります。関谷さんには申し訳ないですけど……やっぱり、僕は、古関さんが好きで、古関さんの力になりたいんです」

「関谷に、あれだけ世話になっておいて？」

間髪入れず返ってきた言葉に、幸希の胸が抉られる。

自分が、酷いことをしようとしている自覚は、ある。わかっているからこそ、宇都宮の言葉がナイフのように胸に刺さったのだ。

「お祖父さんの施設、弁護士、就職先、新しい住居を世話してもらったから、関谷はもう、用なしでポイってわけだ。……本当に君、見かけによらずえげつないね」

「そんなつもり、ありませんでした。あの時、僕は、すごく困ってて……関谷さんに助けてもらうしかなくて……。だから、関谷さんを好きになろうと、努力しました」

でも、駄目だった。

助けられたからといって、好きになれるとは限らない。感謝している。親しみも、深い敬愛の想いもある。けれども、それは、恋にはならなかった。

「そういうつもりじゃないって言っても、結果論からすれば、君の行動は、そういうことだよ。関谷はおひとよしな上、古閑に心酔してるから、君が古閑を選んでも、黙って引きさがるだろうね。……もしかして、そこまで計算してた？　古閑を選ぶ限り、関谷にだったら、何をしても大丈夫……ってさ」

「そんな酷いこと、考えていません！　僕は、もう、帰ります」

誤解に曲解を重ねた発言に、幸希の全身が熱くなり、頭に血がのぼった。幸希が両手をテーブルについて立ちあがる。その途端、目眩《めまい》に襲われた。

まずい。酔いが回っちゃった……？

そう思うのもそこそこに、幸希の脚から力が抜け、絨毯《じゅうたん》に膝をつく。

「大丈夫？　興奮したから、酔いが回ったかな？」

宇都宮が腰をあげ、幸希の背中に腕を回した。

「ひとりで、立てま……しゅ……」

舌がもつれて、上手く喋れない。

……おかしい、急に。どうしちゃったんだ、僕は？　今まで、酒に酔っても、こんなふうになったことはないのに。

「ろれつも回ってないじゃないか。少し横になって休むといいよ」

幸希の脇に宇都宮が手を回し、弛緩《しかん》した体を抱きあげ、ベッドに向かって歩き出す。

「……いいれす、ひとりれ、歩けま……しゅ」

「何を言ってるかわかんないよ。いいから、おとなしく、俺の言う通りにするんだ」

脅すかのように、宇都宮の口調が強い。

その声を聞いた途端、幸希の心臓は氷で撫でられたように、ひやりとする。

怖い。……宇都宮さん、まるで、怒ってるみたいだ。

怒りは、幸希を萎縮《いしゅく》させる。身も心も縮こまり、嵐《あらし》が過ぎるのを、やり過ごすだけだ。

……あぁ、僕は、古関さんといる時は、ここまで酷くならなかった。僕が、うかつなことを言って古関さんを怒らせた時だって、怖かったけど、喋ることはできたんだ。

昨日だって、古関さんだったから、放っておいてほしいと、はっきり言えた。

僕は、古関さんに甘えていたんだ。それくらい、心を許せて、大好きだったんだ。

幸希が改めて、自分が古関に惹かれて止《や》まないことを確認するのと、ベッドに横たえられるのは、同時だった。

「五分経ったな」

宇都宮がベッドに座り、幸希の顔の真横に手をついた。

まるで能面のように感情のない表情を、幸希に向ける。

「……それじゃあ、本題に入ろう。幸希君さ、俺とつきあわない？」

「ふぇっ？」

いったい、この人は何を言ってるんだ？　そう、反射的に思った。

宇都宮が既婚者ということは、幸希も知っている。

奥さんがいるのに、僕とつきあう……？　そんなこと、していいはずがない。

「嫌《ひや》れす！」

「残念、君に拒否権はない。本当におつきあいしたいわけじゃないし。ただ、古閑と関谷がほしがってる君を、先にものにしちゃったら、面白いことになりそうってだけ」

幸希が上体を起こそうとした。しかし、体に力が入らず、起きあがれない。

四肢が鉛のように重く、指先でシーツをひっかくのが精一杯だった。

宇都宮が優越感に満ちた目を幸希に向けながら、ネクタイを外した。

「体が動かないだろう？　ここは、俺がよく利用する施設でね。スポンサーへ、特殊な接待をするための場所だ。接待を嫌がる子をおとなしくさせるための道具もある」

「……」

「さっき、ビールに混ぜて君に薬を飲ませた。暴れて抵抗できないようにするものだ。他にも、セックスがしたくてたまらなくなる薬もあるし、特殊なお楽しみのための道具も各種取り揃えてある。……さて、君には、何を使おうか？」

宇都宮は、こどもが戯れにトンボの羽をむしるような、残酷さと無邪気さが入り混じった表情で、幸希の衣服を脱がしはじめる。

先に下着ごとズボンを、そして、白い半袖のシャツを脱がせる。中に着ていたTシャツは、面倒だと言ってハサミで切り裂いた。

全裸になった幸希を見おろして、宇都宮がスマホを手にする。

「それじゃあ、まずは記念撮影といこうか。ほら、笑って」

陽気な声がしたかと思うと、作りもののシャッター音がした。

もちろん幸希は笑うどころではなく、今にも泣きそうに顔を歪めている。

「笑ってって、言ったのに。これじゃあ古閑も関谷もがっかりしちゃうよ？」

「……っ！　酷《ひろ》い……」

幸希が息を呑み、絶句すると、その間に宇都宮がメールを送信していた。

「さてと、これで仕込みは完了。……はじめるか」

軽い口調で言うと、宇都宮が鼻歌を歌いながらチェストの抽斗を開けた。

中から薄手のゴム手袋を取り出して、両手にはめた。続いて、ローションの瓶と、凹凸のある細長い棒状の物が出てきた。

なんだろう、最後に出てきたものは……。初めて見るけど、見た目がグロテスクだし、きっとロクでもないものだ。

幸希の視線に気づいたか、宇都宮が棒を掲げて見せた。

「これは、アナルを拡張するための道具。ほら、君は女の子と違って、入れるための穴がないからさ。道具を使って馴《な》らすんだ。これの次は、こっち。これくらいのサイズになると、男性器に近いデザインになるよね。バイブやディルドほどじゃないけど」

宇都宮が次に見せたのは、緩やかに湾曲した棒で先端に茸《きのこ》のような突起がついた物だ。

これを……入れる……？

「嫌《ひや》だ……。ひゃめれ……」

「何言ってるのか、わかんないよ。最初はちょっと痛いかもしれないけど、気持ち良くなる薬も使ってあげるから、心配ないって」

昨日、古関さんと関谷さんにされた時も酷いと思ったけど、宇都宮さんの方が、もっと危険だ。そう、幸希が心の中でつぶやく。

僕が泣きわめいて本気で嫌がったら……あのふたりなら、たぶん、行為を中断した。でも、宇都宮さんは、最初に僕から抵抗する手段を、完全に奪ってしまった。

僕は、何をされても、それを全部受け入れるしかない。

そう悟った瞬間、幸希の全身から血の気が引いた。

「や……あぁ……」

うめき声を出し、身を捩らせようとする幸希の秘部に、異物が当たった。

ローションで濡れた淫靡《いんび》な玩具《おもちゃ》は、するすると幸希の内部に入ってくる。

——どうして⁉ こんな、簡単に……？——

玩具は、成人男子の中指ほどの太さがある。驚く幸希に、宇都宮が答えを与えた。

「びっくりした？ 君に飲ませた薬には、筋肉を弛緩させる効果があって、括約筋も使いものにならなくなる。この分なら、すぐに俺のも挿《い》れられそうだ」

宇都宮が、幸希の股間でソレをゆっくりと引き、そして挿入する。いくどかそれをくり返すうちに、内部を犯される違和感が消えてゆく。

いや、異物が入る違和感の後に、それが抜けてゆく感覚を、幸希の体は気持ち良いと捉《とら》えはじめていたのだ。

「あ……あぁ……、や、あぁ……っ」

抵抗するはずの声に、わずかに甘いものが混ざる。

宇都宮はそれを聞き逃さず、「じゃあ、次の段階に移るか」と、嬉しげにうそぶいた。

次は、何をされるのか。そう考えるだけで、恐怖で脳が痺れた。

逃げたいのに、逃げられない。今の幸希にできるのは、首をゆっくりと巡らすことと、指先を動かすこと、肘《ひじ》や膝をわずかに曲げること、それくらいしかない。

宇都宮が幸希の顎を摑んだ。強引に口を開かせ、幸希の口に、錠剤を入れた。

「う、うぅ……」

幸希が舌を突き出し、口から錠剤を吐き出そうとする。

が、顎を押さえられていては、吐き出すことは叶わない。

幸希がイヤイヤをするように首をふる。その弾みで、錠剤が口から押し出された。

「吐き出したか……。でもね、薬は、まだまだあるんだよ」

宇都宮が錠剤のシート――二錠ずつ六列に並んだもの――を四シート広げて見せる。

「でも、いくらたくさんあるからって、何度も同じことをするのは面倒臭いなぁ……そうだ、口からはやめて、ココに入れちゃおうか」

宇都宮が、拡張器を咥《くわ》えた場所に指で触れた。

「口からでもココからでも、効くことにはかわりないしね。あ……っと、飲むより、腸から直接吸収した方が、効きは良かったんだった。そうだ、通常の倍、入れようか。どうせなら、すごく気持ち良くなった方が、幸希君もいいだろう？」

抵抗の結果、状況が悪化して、幸希の目の前が真っ暗になる。

そして、宇都宮が後孔から器具を抜いた。指一本ほどの隙間へ、錠剤を押し込む。

宇都宮は次に、ローションを塗った変形したエノキ茸《たけ》のような淫具を襞《ひだ》に当て、錠剤を奥へと押し込みながら、それを中に挿れてくる。

蕾《つぼみ》がこじ開けられて、痛みが走る。グロテスクな茸のカサは、狭い孔を広げながら、幸希を侵してゆく。

「う……あぁ……、あぁ……」

「そんな声が出ちゃうくらい、気持ちいいんだ。……ほら、もう奥まで入ったよ。本当に君、こういうの初めてなの？　思ったより簡単に入っちゃったけど」

嫌がっているのがわかるだろうに、あえて宇都宮は幸希の反応を曲解し、さらに言葉で嬲《なぶ》り、貶《おとし》める。

「あぁ……その、不安そうな顔。いいね、すごく、そそられる。君ってさ、体もそうだけど、反応や表情も、男に犯されるようにできてるって感じ。すごい才能だよね。古閑や関谷がハマる気持ちも、少しわかるな」

宇都宮がゆっくりと淫具を前後に動かすにつれ、幸希の肉体に変化が訪れる。

熱いのだ。後孔とそれに続く粘膜が、火照りはじめている。

じわじわと、粘膜そのものが熱を帯びはじめ、特に肉筒の内側を擦られると、――こんな時にもかかわらず――、股間に血液が集まってゆく。

「あ、んぁ……っ」

「俺の言う通りだろう？　こんなモノでいじくり回されて、勃っちゃうなんて、幸希君は、男に突っ込まれるのが、大好きな体なんだよ」

宇都宮は、亀頭に似た部分で幸希の性感帯をいじり続ける。擦って、抉って。先端で円を描き、そして、おもむろに奥を突く。そのたびに、そこを中心に快感が生じた。

こんなの、嫌だ。なのに、気持ちいい。……僕の体は、もしかしたら、宇都宮さんの言う通りなのだろうか。

否定したいのに、認めそうになる。それほど、後ろで生じる快感は、強烈だった。

「あぁ……あ、あぁ……」

甘い声を発する幸希の股間で、茎が左右に揺らめく。

宇都宮が手を伸ばし、幸希の胸の飾りに触れた。

後ろほどではないにしても、粒を指の腹で撫でられて肌がざわめいた。

「乳首も感じるんだ。じゃあ、後ろとここを一緒にいじられたら、どうなるんだろうね？」

後ろと胸を、同時に……？　そんなの、気持ちいいに決まっている。

幸希の体は、昨晩、古閑の愛撫により生じた快感を、生々しく覚えている。

「や……駄目《らめ》、やぁ……」

宇都宮が後孔から拡張器を抜き、男性器を模した大人の玩具を手にする。

そして、再び赤く充血した穴に錠剤を入れると、偽物の亀頭を蕾に当てた。

怒張した陰茎と同サイズのそれを咥えて、襞が悲鳴をあげた。

痛い、痛い、痛い――！　こんなの、絶対入らない。

そう、幸希は確信したが、ローションで濡れた切っ先は、どんどん入ってくる。

これ以上ない、というくらい入り口が広がり、幸希が心の中で叫び声をあげた瞬間、ふいにそこが楽になった。

「カリの部分が入っちゃったよ。……本当に、君、初めてなんだよね？」

「初《はひ》めれれす」

「信じられないなぁ……。まあ、俺は、君が初めてじゃなくても気にしないけどね」

慣れた手つきで宇都宮がバイブを突っ込んでくる。腸壁をこじ開けられる不快感に、幸希の目に涙が滲《にじ》む。

内側から内臓が圧迫されて……気持ち悪い……。

でも、擦れると……ちょっとだけ気持ち悪くなくなる………。

「よし、全部入った。……じゃあ、これからもっと、気持ち良くしてあげよう」

もったいぶった口調で言うと、宇都宮がバイブのスイッチを入れた。

モーターの稼働音とともに、細かな振動が内壁に伝わる。

「っ！　――っ!!　うぁ……あ、あ……」

人を昂ぶらせ、興奮させるための道具が、本領を発揮した。

肉壁が震え、その奥の性感帯が刺激される。

あまりの快感に幸希の息が詰まり、そして、奔流のような快楽に襲われた。

なんだ、これ……。こんな、こんな……。

前立腺から快感が生じ、瞬く間に指先や脳天まで満たしてゆく。

みるみるうちに陰茎がそそり立ち、真っ赤に熟した先端から、トロリと蜜が流れる。

「ふぁ……あ、あぁ……」

快楽で瞳を潤ませながら、幸希が玩具の責め苦に耐える。薬で弛緩した体は、身動きもままならず、注がれる快感をただ受け入れるしかない。

あえぎはじめた幸希を見て、宇都宮が意地の悪い笑みを浮かべる。

「さて、写真撮影、第二弾と行こうか。今度は動画がいいか。幸希君がバイブを突っ込まれて、気持ち良くて、よがり声を出して悶《もだ》えてるって、はっきりわかるように」

宇都宮がスマホを取り出し、電源を入れた。途端に、着信音が立て続けに鳴った。

「古閑と関谷から、すごい勢いで連絡が来てる。どこにいるか……って言われてもねぇ。言うわけないだろ」

上機嫌な口調で言うと、宇都宮が幸希を抱き起こして背後に回った。

背中に宇都宮の気配を感じ、嫌悪感で幸希のうなじがそそけ立つ。

嫌だ。僕、宇都宮さんに触られるのが、すごく、嫌だ。

古閑に触れられれば興奮したのに、宇都宮に触れられると、全身が嫌だと叫ぶ。

しかし、どれほど嫌でも、薬と玩具の威力はすさまじく、股間の陰茎は勃起したままだ。

快感と嫌悪の涙を流しながら、幸希がうつむく。

嫌なのに、抵抗さえできないなんて……。

はらはらと涙を流す幸希を左手で支えると、宇都宮がスマホで撮影をはじめた。

いったい、どこを映されているのか。昂ぶった股間か、玩具を咥えた蕾か。

それを古閑や関谷に見られると想像するだけで、幸希は身震いしてしまう。

「幸希君は、本当にエッチが好きなんだなぁ。もっと、気持ち良くしてあげる」

録画を意識しているのか、宇都宮が甘い——まるで恋人にするような——声で囁いた。

そうして、脇腹に添えていた手を胸元に添え、円を描くように愛撫をはじめる。

「んっ。ん、ふぁ……」

「声が出ちゃうくらいいいんだ？　乳首をいじられて感じるなんて、幸希君は、本当に女の子みたいだなぁ」

「違《ちゃ》う……」

重い頭を、幸希が弱々しくふって否定する。けれども、指先で突起を摘まれると、じわりとそこが熱くなり、声が漏れた。

「っあ……ん……」

声をあげた幸希の先端から、蜜が溢れる。いつの間にか幸希の亀頭は先走りですっかり濡れて、淫靡に艶《つや》めいていた。

そして、乳首が感じると、陰茎に血液が集まり、もっと気持ち良くなりたいと、解放を迎えたいと、息苦しいほど幸希に訴えた。

「あ、あぁ……、あ……っ」

「幸希君も、本格的に良くなってきたみたいだし、そろそろ、本番と行こう。こんな玩具より、ずっとイイモノを、挿れてあげるからね」

宇都宮がスマホを持っていた右手をおろし、操作している。

動画を添付ファイルにして、古閑さんに送信するつもりだ。

できることなら、今すぐにでも、宇都宮を突き飛ばし、すぼまりを埋める玩具を抜いて、ここから立ち去りたかった。

心の底からそうしたいのに、それは、叶わない。

それどころか、ほとんど前戯もなしに、ただ、宇都宮に犯されるのだ。

好きでもない男に犯されても、体は、喜んでそれを受け入れそうな気がしていた。

未体験であっても、熱で蕩けた肉壁に、幸希はそう予想するしかない。

陰鬱《いんうつ》な予想に幸希が涙を流すと、宇都宮のスマホが軽やかに着信音を奏でた。

「古関からだ。スピーカーにするから、幸希君も一緒に感想を聞こう」

宇都宮が画面を操作すると、着信音が止み、古関の怒鳴り声がした。

『やっと出た。宇都宮、おまえ、スマホの電源を切ってやがったな！』

懐かしく、愛おしい声だった。

助けて、と訴えようとすると、宇都宮が幸希の口を手でふさぐ。

「取り込み中で、誰にも邪魔されたくなかったんだ。で、どう？　送った動画、見た？」

『今、関谷のスマホで再生中だ。宇都宮、貴様、俺の幸希に何やってんだ！』

「何って……、セックスするために、馴らしてたんだよ」

『セックス？　おまえが、幸希に？』

「昨日、古関の家で撮影を見てたら、俺もこの子がほしくなっちゃったんだ。幸い、幸希君も、ノリノリなんだよ。……ほら」

喋りながら宇都宮はスマホをマットレスに置き、バイブの目盛りをあげた。

「あ、ああああ……っ。ん、んん……っ、んーっ。あ、あぁあ……っ」

ドリルで穿《うが》つような音をたて、淫具が肉筒を震わせる。あまりにも強い刺激に反応し、幸希の下腹がビクビクと痙攣《けいれん》したように動いた。

「聞こえる？　いい声だよねぇ。この子、見かけによらず淫乱《いんらん》でね、早く、俺に挿れてって、さっきからせがんでしょうがないんだよ」

嘘だ！　古閑さん、どうか宇都宮さんの嘘を信じないで。

『幸希は、俺以外の人間に、そんなことは言わない』

まるで幸希の心の叫びが聞こえたかのように、古閑が断言する。

「まったく古閑も幸希君も……なんなんだろうね。俺の嘘にひっかからないなんて」

それは……古閑さんが、僕をわかっているからだ。

僕が、古閑さんのことが、なんとなくわかるように。

あの人の考えそうなことや、言いそうなこと。なにより、僕を大切にしていることが。

会ってからの時間は関係ない。ただ、そんなつながりがあることを、幸希は心の深いところで、識《し》っていた。

古閑の背後で、関谷が何か言っていた。バタバタとかすかに足音が聞こえる。

『よし、宇都宮、そこを動くなよ。すぐに、おまえをとっちめてやる！』

高らかに宣言すると、古閑が一方的に通話を終えた。

「すぐにとっちめるって……。俺の居場所がわかってるのか？　とっちめる前に、幸希君は俺のものだよ」

宇都宮が優越感に満ちた表情でつぶやき、そして、幸希を見おろした。

幸希の股間に手を入れると、バイブの電源をオフにして、引き抜いた。

太くて長いそれが抜け、粘膜が擦れる快感と犯される恐怖に幸希が身震いする。

次の瞬間、「来たぞ、宇都宮！」という、古関の声が玄関から響いていた。


その日の午後、古関は本社の社長室で関谷と橋本の報告を聞いていた。

「――高嶺君は、矢野店長の評価も高く、仕事熱心で、今のところバイトからの評判も悪くありません。……ただ、個人的には、少々、覇気のない人物のように思います」

「報告ありがとう。忙しいのに、面倒をかけた」

古関が笑顔を向けると、橋本が頬を淡く染めた。

「いえ。これも私の仕事ですから。また、何かありましたら、遠慮なく言ってください」

橋本が退室すると、すぐに関谷がつぶやく。

「橋本女史は、幸希君をお気に召さなかったらしい」

「彼女は、自分と同じ、有能でハキハキしたタイプが好きだから。幸希の良さは、彼女には理解できないだろうな。それよりも、幸希に元気がなかったことが問題だ」

「昨日の今日だし仕方ないだろう。幸希君は、繊細なんだ」

ふたりが顔を見合わせてため息をつく。

「……今日の幸希のシフトは、早番だったな。店に顔を出したら約束を破ることになるが、店から家に帰るまでの間を、車から黙って様子を見る……っていうのは、どうだ？」

「問題ない。…………さて、そろそろ会議の時間だ。会議が長引いたら、幸希君の帰りに間に合わなくなるぞ」

「それは大変だ。……ぼちぼち、仕事モードに切り替えるか」

デスクから立ちあがった古閑は、経営者の顔になっていた。

会議冒頭、『今日は、定刻前に会議を終わらせ、定時で退社して週末を有意義に楽しむのが業務命令だ!』と古閑が宣言したことで、会議は活発に意見が出つつも、スムーズに進行し、予定時刻の三十五分前に終了となった。

ふたりは、いそいそと帰宅の準備をすると、定時に縛られない身分をいいことに、一足早く会社を後にした。

それから、関谷の運転で表参道に向かい、アバンダンティア・表参道店が見える場所に車を停め、幸希が出てくるのを待つ。

幸希が宇都宮と合流し、タクシーに乗ると、当然、ふたりは後を追った。

「宇都宮がうまいこと幸希を説得してくれたら、今日の晩飯は幸希の手料理だな」

「よし、俺は一日働いて疲れた幸希君に飯を奢《おご》ろう。古閑は飯を作ってくれと頼めばいいさ。さて、幸希君はどちらの誘いに乗るだろうな」

「おまえっ、卑怯《ひきょう》だぞ!」

呑気《のんき》に会話を交わすうちに、例のマンションに到着した。

「マンション……？　おい、関谷、ここって宇都宮の自宅……じゃないよなぁ」

「あいつの自宅は、東西線沿線の駅近のマンション、ついでに実家は杉並区だ」

「ここは……港区で最寄り駅は千代田線……か」

カーナビで現在地を確認して、古閑がつぶやく。

幸希と話すのに、自宅以外のマンションで……か。なんだか。嫌な感じがする。

いぶかしみつつも、古閑と関谷と幸希が出てくるのを待っていた。

しかし、宇都宮から画像つきのメールが送信されて、ムードは一変した。

「……！」

「なんだ、これは……っ!!」

古閑が目を見開き、関谷が大声をあげた。

「幸希君が、全裸で……これから宇都宮とお楽しみだと!?」

「落ち着け、関谷。画像の真偽はともかく、幸希が俺から宇都宮に乗り換えることは、絶対にない。宇都宮からのメッセージは嘘だ」

「………古閑よ、いったい、その自信はどこから来るんだ？」

冷静な古閑の言葉に関谷の頭も冷えたか、息を吐いて体をシートに預ける。

その間に、古閑は宇都宮に電話をかけ。スマホを耳にあてている。

宇都宮、頼むから、早く電話に出ろ。この画像は偽物だと言ってくれ。

焦りながら宇都宮が電話に出るのを待つが、呼び出し音ばかりが耳に響く。

「……クソ、出ない。関谷、そっちはどうだ？」

宇都宮に、メールやメッセージを送信していた関谷に、古閑が尋ねる。

「応答なし……だ。どうする？　マンションに乗り込むにしろ、この手のマンションはセキュリティが万全だ。友人が中に閉じ込められて犯されそうだと言ったところで、部屋番号もわからないんじゃ、管理人は相手にしないだろう」

「……俺たちからの連絡だから、宇都宮は無視できるんだ。無視できない人間に連絡させるってのはどうだ？」

古閑の提案に、関谷が視線を宙に浮かせた。

「では、宇都宮の会社に電話して、連絡がほしいと頼むか」

「宇都宮の会社になら、俺が連絡する。クライアント企業の社長が、じきじきに電話した方が、あっちも本気で動くだろう」

そこで古閑が宇都宮の職場に電話をし、たまたま電話を取った笹田《ささだ》という若い男性社員に事情を説明する。

「宇都宮が俺の恋人をマンションに連れ込んだ上、全裸画像をメールで送ってきた。宇都宮にどういう了見か聞きたいから、大至急、連絡を取ってくれ」

『本当ですか？　宇都宮が、そんなことをするとは思えませんが……』

「だが、港区のマンションに、ふたりが入っていったのは間違いない」

『港区のマンション？　少々お待ちください』

笹田が慌てた様子で通話を保留にした。ややあって笹田が再び電話に出る。

『そのマンションの所在地はわかりますか？』

笹田の問いに、カーナビに表示された現在地を答える。

『わかりました。すぐに、マンションの合い鍵を入手して、そちらに行きます。詳細はここでは話せませんので、移動中にメールで説明します』

「わかった。なるべく急いでくれ」

こんなやりとりの後、古閑は笹田からのメールで幸希が連れ込まれたマンションがどういう性質のものかを知った。

「最悪だ……」と、うめくように言うと、関谷にスマホを差し出した。

「噂《うわさ》には聞いていたが、本当にこういう接待部屋があるとは。幸希君は大丈夫だろうか」

「わからない。が、無事であることを祈るしかない」

まんじりともせずにいたふたりは、そろそろ笹田が到着するというのでマンションの入り口に徒歩で移動した。

タクシーから降りた笹田と合流したところで、宇都宮からふたり宛に、例の動画が届いたのである。

「さっさとエントランスを開けろ」と、古閑が鍵を持つ笹田をどやしつける間に、関谷が動画を再生する。

最初に、宇都宮に抱えられた幸希の顔が映り、薄紅に染まった白い胸元が続いた。

かすかに聞こえる不愉快なモーター音に、古閑は思わず眉を寄せる。

まだ、宇都宮に突っ込まれてはいないようだが……。

しかし、幸希の下腹部でそそり立つ陰茎や、バイブを咥えた秘部が映り、古閑の頭が真っ赤に染まった。

エントランスから宇都宮の部屋に移動する間に、古閑は宇都宮に電話をかけていた。

出るか……出ないか。出なかったら、最悪だな。出る余裕がないってことになる。

それはすなわち、幸希のそこに、宇都宮が性器を挿入している、ということだ。

宇都宮に犯された後でも、幸希が愛しいことにはかわりはない。

しかし、幸希は深く傷つくだろう。

動画で一瞬だけ見えた幸希の頰には、涙の伝う跡があった。いや、もうすでに傷ついているに違いない。

古閑が怒りで眉を寄せた時、宇都宮が電話に出た。

「やっと出た。宇都宮、おまえ、スマホの電源を切ってやがったな！」

古閑が大声を出すと同時に、エレベーターが到着した。

『取り込み中で、誰にも邪魔されたくなかったんだ。で、どう？　送った動画、見た？』

「今、関谷のスマホで再生中だ。宇都宮、貴様、俺の幸希に何やってんだ！」

エレベーターに乗り込み、ゆっくりと閉まる扉を凝視しながら古関が答える。

『何って……、セックスするために、馴らしてたんだよ』

「セックス？　……おまえが、幸希に？」

『昨日、古関の家で撮影を見てたら、俺もこの子がほしくなっちゃったんだ。幸い、幸希君も、ノリノリだったよ。……ほら』

宇都宮が言うと、すぐに少し遠くから、幸希のあえぎ声が聞こえた。

快感に我を忘れたような声を聞き、古関は怒りを通り越して、却《かえ》って頭が冷静になる。落ち着け。感情的になりそうな場面で流されれば、ロクなことがないものだ。

『聞こえる？　いい声だよねぇ。この子、見かけによらず淫乱でね、早く、俺に挿れてって、さっきからせがんでしょうがないんだよ』

あぁ、宇都宮は俺を怒らせたくて、煽ってるのか。ならば……。

「幸希は、俺以外の人間に、そんなことは言わない」

確信を込めて断言すると、電話の向こうで宇都宮が黙り込んだ。

先制パンチを食らわせたつもりが、カウンターを食らった……ってところか。これで戦意喪失してくれれば、後が楽なんだが。

「古閑、十二階に着いた。部屋番号は一二〇二。奥から二番目だ」

エレベーターが停止して、扉が開いてゆく。

もう少しだ。待ってろ、幸希。

「よし、宇都宮、そこを動くなよ。すぐに、おまえをとっちめてやる！」

早足で外廊下を歩きながら高らかに宣言し、古閑が通話を終わらせる。

笹田がマンションのスペアキーで扉を開けた。

「笹田さん。ここから先は私たちだけで」

関谷が笹田に帰るよううながす。その声を背に古閑は土足のまま部屋に入ると、大急ぎで扉を開けた。

宇都宮がふり返る。その向こうに、愛しい幸希の姿があった。

「幸希、迎えに来たぞ！」

そう言いながらも、古閑は宇都宮が幸希に挿入していないことを目で確認していた。

「古閑《おあ》さ……」

たどたどしく幸希が古閑を呼ぶ。可哀想《かわいそう》なくらい、オーラが小さく縮こまり、色彩も陰りを帯びている。

幸希は起きあがらず、腕を差し伸べもしなかったが、瞳はひたと古閑に向けられていた。

——やはり、薬を盛られていたか。宇都宮の奴め——

忌々しさはあったが、今は、それ以上に幸希を取り戻せたことが嬉しかった。

「怖かっただろう。もう、大丈夫だ」

幸希の腕を摑んで抱き起こし、素早くシーツで体を包んで抱き締める。

優しい腕に抱かれて、幸希が目を閉じた。

涙の跡が幾筋も残る頰を目にして、古閑は宇都宮のことはいったん脇に置き、幸希を安心させることに専念する。

「ありあと……ありあと、古閑《おぁ》さ……」

怖い思いをしただろうに、こんな時でも礼を言おうとするなんて……。

幸希の健気《けなげ》さに、古閑の胸が熱いもので満たされる。

愛おしい。この世の何よりも、幸希が、愛しかった。

その愛しい幸希を泣く羽目に陥らせた自分が、無性に腹立たしくなる。

「すまなかった。もう、二度と、こんな怖い目には遭わせない。一生、俺が守ってやる」

真摯《しんし》な古閑の言葉に、幸希が目を開き、そして「あい……」と答えた。

消え入りそうな声であったが、古閑の耳は、幸希の『はい』という言葉を捉えていた。

俺が、一生守ると言って幸希が『はい』と答えた……ということは……もしかして……。

こんな時にもかかわらず、古閑の胸が大きく脈打った。チャンス到来と、直観が囁く。

「幸希は、俺の恋人になってもいいと、思っているのか？」

昨日、幸希に拒絶されたばかりであったが、そんなことはなかったように古閑が尋ねる。

すると、幸希は大きな目を見開いて、じっと古閑を見つめ返した。

あ、これは、そこまで考えてなかったっていう顔だな。だが、即座に拒否しないということは、脈ありか。

……だったら、ここでもうひと押しすれば、幸希は俺のものになる。

古閑がシーツの中に手を入れて、幸希の手を握った。

「幸希、返事を。おまえは、俺の恋人になってもいいと、思っているんだな」

熱い手に指を絡ませながら古閑が囁くと、幸希がこっくりとうなずいた。

「幸希！　ありがとう」

古閑が喜びのあまり幸希に口づけしようとすると、関谷が素早く手を伸ばし、幸希の唇を手のひらで覆った。

「そういうのは、後だ。人前でキスなんて、幸希君が恥ずかしいだろう」

平静を装ってはいたが、関谷の目が少し赤い。

幸希は、助けに来た俺だけを見て、俺だけに話しかけていた。

つまり、関谷のことはまるで目に入っていなかったということだ。関谷も幸希が好きなのに。それはきっと、胸が切り裂かれるように辛いことだっただろう。

「悪い。調子に乗りすぎた」

「いや、……おさまるべきところにおさまっただけだ。幸希君、良かったな」

切なさの滲む声で言いながら、関谷が、幸希の口から手を離して笑いかける。

幸希はすまなそうな顔をしてうつむいた。

「ごめんなさい《おえんなさい》」

「謝ることはない。君はただ、古閑を好きなだけだ。君が、古閑の恋人になって、幸せになるのなら、俺も……嬉しいよ」

昨晩、月下で語ったように、関谷は、幸希を祝福した。

失恋する悲しみや、やるせなさ。そういうものを抱えながら、愛した人が自分を選ばなくても、その幸せを嬉しいと言えるのは、なかなかできることじゃない。

関谷を、古閑が心の中で称賛する。

「はぁ？　なにが君が幸せなら俺も嬉しいだよ。本当は、自分をふったこいつが憎くてしょうがないくせに。関谷、おまえの偽善者っぷりには、反吐《へど》が出る」

「宇都宮、なんてことを言うんだ」

古閑がすぐに宇都宮を咎《とが》め、幸希を見た。

恐れていたことを指摘されたか、幸希の表情が曇り、オーラがしぼんだ。

「幸希、宇都宮の言葉に惑わされるな。関谷のためにも、関谷はおまえを憎んでいないと、信じるんだ」

「そうだ、幸希君。俺は、君を憎んでいない。もちろんふられて悲しいが、それと君を憎く思うのは、別の話だ。おい、宇都宮、人を下種扱いするのも、いい加減にしろ」

「あぁもう、俺は、関谷のそういう善人ぶったところが、昔っから、ムカついてたんだよ！　それに、古閑、おまえもだ!!」

宇都宮がベッドに転がっていたバイブを手に取り、床に叩きつけた。

「どうして、おまえはそう、なんでも上手くいくんだよ！　せっかく、古閑をへこますチャンスだと思ってこいつをここに連れ込んだのに、やる前にここに来るし、どさくさ紛れにちゃっかり恋人同士になるし!!」

自棄《やけ》気味に吐かれた宇都宮の言葉を、古閑が聞き咎める。

「宇都宮、おまえ、俺をへこませたかったのか？」

「そうだよ。……こいつと先にやって、おまえらふたりに勝ちたかったんだ」

宇都宮の本音を聞いて、古閑と関谷が顔を見合わせる。

「俺たちより先に幸希とセックスしたら、どうして勝ったことになるんだ？」

「こいつと先にやれば、世間一般では、俺の方が男として上ってことになるんだよ」

真顔で尋ねる古閑に、宇都宮が忌々しげに答える。

くだらない。そんなくだらない世間の価値感のために、幸希は傷つけられたのか？

あまりの馬鹿馬鹿しさに、古閑は、怒る価値さえないと断じた。

「宇都宮、おまえは俺たちに負けてると思ってたのか？　まさか、高校の時からずっと？」

「…………」

呆れ声で尋ねたが、宇都宮は無言だった。古閑はため息をつき、改めて口を開く。

「高校時代の成績は、おまえの方が上だった。それに、帰宅部だった俺と違って、おまえはテニス部のエースだった。大学の時だって、旅行ばかりで二度も留年した俺と違って、おまえは成績優秀で、彼女だって切れたことはないし、俺じゃ絶対入れないような大手から、いくつも内定を貰って……。今だって出世コースに乗って、上司の親戚で美人で家柄もいいお嬢さんと結婚して、順風満帆を絵に描いたような人生を送ってるじゃないか」

そんな宇都宮が、どうして、俺に勝ちたいと思うのか。くだらないというより、正直、理解不能だ。

古閑が宇都宮をねめつける。すると、宇都宮が大きく息を吸い、喋りはじめた。

「……高校の時、俺は塾に通ってたし、おまえはひとり暮らしで家事とバイトをして、そもそも勉強に費やす時間が違ってた。運動神経だって、決して悪くなかったし……。俺は、成績が上でも部活で活躍しても、いつも、おまえに勝ったって気はしてなかった。おまえが本気を出せば、あっという間に追い抜かれると思ってたんだ」

「そんなの、比べたって意味がない。俺とおまえは、環境が全然違ったんだから」

「おまえの、そういう悟りきった態度にも、俺はムカついてたんだ。いつも、辛いことなんてありませんって顔で、飄々《ひょうひょう》としやがって……。不幸なら、暗い顔してりゃあいいのに……そういう余裕たっぷりなところが、気に食わなかったんだ！」

あまりにも酷い言い草に、古閑はもう、何も言う気になれなかった。

そりゃあ、辛いこともたいへんなこともあったが、だからって、どうして俺が、陰気臭い顔をしなけりゃいけないんだ？

あまりの理不尽さに、そう言い返そうかと思ったが、古閑はそうしなかった。

今の宇都宮には、俺が何を言っても、届かない。そう判断したからだ。

「こが……さん……」

薬の効果が薄れてきたのか、幸希がさっきより明瞭《めいりょう》な声で古閑を呼んだ。

揺れる瞳が、古閑が宇都宮の言葉に傷ついていないかと気遣っている。

「大丈夫だ、幸希。こんなの屁《へ》でもない。本当だ」

改めて幸希の手を握ると、体の中に溜まっていた不快感や屈託が、すうっと消えていくような、不思議な清涼感があった。

そうだ。愛しいという感情は、こんなふうに嫌なことを忘れさせる。

涼やかな気分となった古閑とは反対に、宇都宮の顔が険しくなる。

「大学に入って、おまえは旅で留年ばかりして……。その時初めて、勝った、と思ったよ。

給料もいい、世間的にも聞こえのいい企業に就職して、もう、古閑に対する劣等感に悩まされることはない。そう思ったのに……、おまえは、新進気鋭の経営者として俺の前に現れた。俺より年収も世間の評価も高かった。俺は、また、学生時代に逆戻りだ。おまえのことを考えるたびに、イラついて、ムカついて……自分が負け犬みたいな気分を、ずっと味わってたんだ」

「それで、幸希君を犯すことで古閑に勝った気になろうとしたのか？　会社を辞めて、自分で会社を興すとか、正々堂々と古閑に挑めばいいだろう」

関谷が憤慨したように反論すると、宇都宮が怒鳴り返した。

「うちは、普通のサラリーマンだぞ、そんな冒険できるかよ！　おまえみたいな名家じゃない。一度でも失敗したら、取り返しがつかないんだ!!」

関谷と幸希、そして古閑までもが、宇都宮の剣幕に呑まれてしまう。

苛立つ宇都宮を見て、古閑は、無性に悲しくなった。

「――なあ、宇都宮。そんなに勝ち負けばかりにこだわって、生きていて楽しいか？」

「何を言い出すんだ？　勝たなきゃ意味がない、楽しいかそうでないかは、二の次だ」

「俺は違う。楽しいか、幸せか、そればかりを考えていた。自分を可哀想だと思うのは、あまりにも簡単だったから、意地でも楽しいことや幸せに、目を向けてきたんだ。今まで、こういう話を宇都宮にしたことはなかったが……」

幼い頃、自分が可哀想だと思うと、どんどんみじめな気分になった。

自己憐憫《れんびん》は危険な習慣性があり、耽溺《たんでき》するのは危険だと、幼い古閑は、――明確に言葉にできてはいなかったが――そう判断した。

ならば、楽しい方がいい。そう考えて、常に前向きでいることを選んだのだ。

「その結果が、今の俺だ。食うのが好きだから、食物を扱った商売をした。楽しいから、夢中になれたし、そういうエネルギーに人が集まってきたんだと思う。宇都宮、おまえは、会社を選ぶ時、楽しいからという視点を持ったか？　自分が夢中になれるか、考えたか？」

「…………そんなの、どこが重要なんだ？」

「俺にとっては、重要なんだ。楽しくなければ、心が死ぬ。俺は、元々、何も持っていないからな。心が死んだら、そこで、すべて行き止まりだった」

噛み締めるように言った古閑の手を、幸希が弱々しく握った。

今の幸希はうまく喋れないからか、まなざしと仕草で、想いを伝えてくる。

幸希に微笑み返して、古閑は宇都宮に顔を向けた。

「本当は、わかってるんだろう？　勝ち負けより大事なものがあるって。だからおまえは、俺を腹立たしく思いながらも、ちょっかいをかけてきたんだ。高校の時も、大学の時も、それに、今も。……覚悟はついていると思うが、宇都宮、今後、おまえとはつきあわない。広告の契約を打ち切りはしないが、担当からは外れてもらうし、うちには出入り禁止だ。幸希がきちんと話せる状態になったら、事情を聴いて、改めて対処を考える」

幸希を抱いて、古閑がベッドからおりた。

「さて、こんな胸糞《むなくそ》悪いところ、早いところ退散だ。関谷、行くぞ」

関谷が幸希の服を拾い集め、そしてベッドに腰をおろす宇都宮に向き直る。

「宇都宮、スマホの動画と画像を削除しろ」

「……俺が、動画や画像をネットに流すか、どこかに売りつけるとでも思ったか？」

「違う。こんなものが残っていたら、幸希君が苦しむからだ」

「ふった相手が苦しんで、ざまぁみろと思わないのか？」

「思わない。……いや、思いたくない。俺は、弱いから。迷ったり揺らいだ時は、自分も
周りも、笑顔になるような選択をしたい。そういう経験を重ねて、強くなりたいんだ」

関谷が自分のスマホから宇都宮からのメールを添付ファイルごと削除し、宇都宮に『お
まえも消せ』と、まなざしで迫る。

宇都宮は、関谷の行動に気圧《けお》されたように、その場でデータを削除した。

「……俺さぁ、関谷のそういうとこ、本当に大嫌いだ。好きな奴のお宝画像を、自分から
消すとか、信じられない」

小声でぼやく宇都宮の声からは、棘《とげ》のような毒気が抜けていた。

関谷への憎まれ口を聞きながら、古閑は、宇都宮は関谷が羨ましいのか、と思った。

羨ましいから、嫌いと言って、馬鹿にする。そうやって、相手を小馬鹿にして自己を正当化している間は、自分の優位を信じられるから。

それがどうしようもなく不毛なことだと、いつか、宇都宮も気づけるといい。

十年以上のつきあいの親友と、こんな形で仲たがいする切なさに、古閑は幸希の体を抱き締めていた。


シーツにくるまれて全裸のままマンションを出る羽目になり、幸希は、恥ずかしさに顔から火が出る思いだった。

幸い、住人とすれ違うことなくエントランスを出られた。関谷がすぐ車を玄関に横づけしたため、人目に晒される時間は最短で済んだ。

後部座席におろされ、すぐに隣に古閑が乗り込む。

「さて、どこに行く？　幸希君の家か、おまえの家か」

「……うちにしてくれ。なにせ、俺たちはまだ、幸希から出禁を解かれてないし、幸希の看病をするにも、うちの方が勝手がわかってる分、やりやすい」

幸い、くだんのマンションは古閑の住居と同じ区で、十分ほどでマンションに到着した。

その十分の間、古閑は懸命に疼《うず》きに耐える幸希の髪を撫でていた。

優しい愛撫は、まるで媚薬《びやく》のように幸希の体を熱くする。

息を吸えば、古閑の体臭が鼻孔をくすぐり、頬には古閑の体温を感じる。

口の中がからからに乾いて、無性に古閑に口づけしたかった。脳が痺れるほど甘い唾液《だえき》を注がれて、渇望を癒したいと考えてしまう。

「古閑さん……。古閑さん、古閑さん……」

「辛いんだな。もうじき、家に着く。それまでの辛抱だ」

白い頬を上気させ、熱く湿った息を吐きながら、懸命に幸希は快感に耐えていた。

車がマンションの地下駐車場に停まる。再び、幸希が古閑に抱かれて移動し、ようやく、古閑の部屋に到着した。

あぁ……着いた……。

約十日ぶりに古閑の住居に入って幸希はほっとした。

古閑は、幸希を寝室に運び、ベッドに横たえた。

「俺はこのまま帰宅するが、必要なものはないか？　帰宅前に買い出しに行くつもりだ」

廊下から関谷が声をかけ、古閑がベッドから離れてゆく。

古閑は、部屋の戸口に立ち、小声で関谷と会話する。

「幸希の替えの下着と、できたら、シャツの中に着る服も」

「わかった、あとは冷蔵庫をチェックして、不足があれば補充しておく」

テキパキと、有能な秘書の顔で関谷が答えていた。

「僕のために、ありがとうございます」

「君のためなら、なんでもないさ。今後も、古閑の次に頼りにしてくれ」

関谷の優しさが身に染みた。ありがたいと、心底思う。その気持ちに応えられないことを申し訳ないとも。けれども、幸希の心は、古閑へ、古閑へと向かうのだ。

そして、古閑が戻ってきて、ベッドに腰をおろした。

「……どうだ。辛いか？　辛いに決まってるな」

古閑に声をかけられると、さっきまでの申し訳なさが、嘘のように吹き飛んでしまう。嬉しい。ほしい。それだけで幸希の頭がいっぱいになる。

後孔の疼きは、相変わらずだ。熱く、そして刺激に飢えている。

質問にうなずき返すと、幸希はシーツを握り締め、体を丸めた。

「体は動くか？　動くようなら風呂に入るとか……。そうだ、喉は渇いてないか？」

古閑が幸希の額に手を置き、そして、頬から顎にかけてを撫でた。

愛しさに溢れた仕草であったが、それだけで幸希の唇から情火の息が漏れた。

寝室にふたりきりという状況に、幸希が本音を口にした。

「水より、古閑さんが、ほしい、です……」

たっぷり蜜を含んだ囁きだ。

古閑は幸希にまなざしを向けたまま、大きく深く息を吸う。

「……恋人の願いはなんでも叶えるとも。それに、俺も幸希がほしい」

古閑はネクタイを緩めると、幸希の体を覆うシーツに手をかけた。ゆっくりとシーツが離れてゆき、幸希の体が照明に晒される。

体を丸めたままの幸希の背に優しく古閑の手が置かれた。

「体は動かせるか？」

「まだ、そんなには……全身が、怠《だる》くて重いです……。んっ」

背中を撫でる古閑の手に体が反応して、幸希が肩をすくめた。

古閑は、肩胛骨を撫で、そして背筋を指先で辿り、最後に双丘へ至った。

そこには、卑猥《ひわい》な器具で花開いた蕾がある。赤くめくれた花びらに古閑の指が触れた。

「……んっ。……っ」

古閑の熱を感じて、襞がひくつく。

ここを、古閑さんでいっぱいにしてもらえたら、どれほど気持ちいいんだろうか。

そう思った瞬間、幸希はたまらない気分になった。

古閑はもう、幸希の恋人なのだ。しかも、どんな願いも叶えてくれる。

「古閑さん、挿れて……。僕、古閑さんが、ほしい……」

あられもない訴えに、古閑が魅入られた顔で息を呑む。

「すぐにそうしてやりたいが、俺の方がまだなんだ。かわりに、キスさせてくれ」

甘く囁くと、古閑が幸希の唇に唇を重ねた。

ゆるく開いた幸希の唇を、古閑の舌が優しく辿った。

古閑は、口づけながら幸希に覆い被さり、胸元へ手を伸ばす。

唇も、乳首も、昨晩古閑に触れられ、感じた場所だ。胸の突起はすぐに古閑の愛撫に反応して硬くなり、唇や歯を舐められると下腹部が熱くなった。

しこった乳首の感触を楽しむように、古閑が乳輪に円を描き、突起を優しく摘んだ。

「んあっ……っ。ん……っ」

あぁ……。古閑さんにされるのは、やっぱり、すごく気持ちいい。

快感に瞳を潤ませながら、幸希が腕を動かした。

腕は未《いま》だに重いが、動かせないほどではない。古閑の肩に触れ、首に腕を回す。

こうすると、すごく……古閑さんを感じる。

唇を舐め、歯列をなぞる古閑の舌に、幸希がそっと舌先を伸ばした。

古閑の舌は、逃げない。幸希を押し返したりもしない。古閑に——性的に——触れることを許されて、幸希は、自分が本当に古閑の恋人になれたと、初めて実感した。

舌先で古閑の舌裏を舐めると、柔らかい肉がくるんと幸希の舌に巻きついた。

粘膜の接触に、胸がジンと痺れて、そして性器も熱くなる。

勃起した陰茎が脈打ち、そして先端が赤く染まる。

幸希はあおむけになると、古閑の太腿に、猫のように下腹部をすり寄せた。

大胆な愛撫に、古閑の動きが一瞬止まる。

そして、幸希の唇を強く吸いあげると、口づけをやめた。

「…………あ…………」

古閑の熱が去り、幸希が物寂しさに小さく声をあげる。

「服を脱ぐ間、待ってくれ」

幸希の頬をするりと撫でて、古閑が服を脱ぎはじめた。

脱いだ衣服は床に放り投げ、改めて幸希の手を取ると、ほんのりと紅に染まった肢体に愛しげなまなざしを注いだ。

「綺麗だな。幸希は……すべてが美しく、かわいらしい。……愛しくてたまらない」

古閑の視線には、圧力がある。見られるだけで、まるで、そこに触れられたように肌がざわめく。

「古閑さん……。僕も、古閑さんが、好き、です……」

小声での告白を聞くと、古閑は嬉しそうに幸希に体を重ねた。

内腿に古閑の脚が触れ、乳首や股間も古閑に触れていた。そして、勃ちかけた古閑の性器もまた、幸希の腹部に触れている。

そこに湿った熱を感じて、幸希の肉壁が熱くなった。忘れていた飢えを思い出し、満たしてほしい、犯してほしいとわめきはじめる。

「古関さん……」

幸希が欲望に駆られ、古関の性器に手を伸ばす。まだ完全には動かせない指先で、茎の表面に触れ、そして柔らかく握った。

「もう少し、待ってくれ。もう少し、な?」

古関は、わざと焦《じ》らしているのではない。そのことは幸希もわかっている。手の中の楔《くさび》は、勃ちかけているが、勃起というには、まだ遠いのだから。

「挿れるかわりに、先に一度、抜いてやるよ。少しは気が紛れるんじゃないか?」

古関が上体を起こし、幸希の乳首に再び手を伸ばした。

まるで、気に入った玩具で遊ぶこどものように、古関は硬くなった乳首をくり返し指の腹で撫でている。

「古関さん、そこ……好き?」

「あぁ。猫の肉球のように、幸希の乳首には、スペシャルな喜びがある」

「僕も、気持ちいい……です。ふ、んっ……っ」

敏感になり、甘く痺れる粒を捏ねられ、幸希の下腹部に血液が集まる。

先端が蜜で濡れ、硬く張りつめた棒に、古閑が右手を伸ばした。

左手で尖りを撫でながら、幸希の竿を右手でやわやわと握る。

「あぁ……っ、あっ」

「幸希は、ここもかわいいなぁ。手の中で暴れて……まるで、猫の尻尾みたいだ」

根元から筋に沿って古閑が親指をすべらせる。それから先端と竿の継ぎ目を撫でられて、あまりの気持ち良さに、幸希の目に涙が滲んだ。

「ふわっ。あっ、あ……っ」

「ようし、良い声だ。やっぱり、ここは気持ちいいんだな」

まるで愛猫の耳の後ろをかくように、古閑が人さし指で継ぎ目をくり返し擦る。

「気持ち……いい……。んっ、あ、あぁあ……」

絶妙なタッチに翻弄《ほんろう》され、シーツの上で幸希が身を捩る。

「っ……。んっ……。イク……っ、イ、あぁぁ………っ」

狭い管を精液が駆けあがり、そして、放たれる。

幸希の腹部に、花びらのように白濁が散った。そのひとひらを、古閑が掬《すく》い取る。

古閑は、不思議なものを見るような目をして、劣情のついた指を口に入れた。

「――古閑さん!?」

射精の余韻にひたっていた幸希が、目を見開いた。

「なんで口に入れちゃうんですか、出して！　早く吐き出してください‼」

古閑は神妙な顔をして指を咥えていたが、指を抜き、そして精液を呑んでしまった。

「いや……昨日、関谷が呑んでたし、なんか旨そうだったから……」

「美味しいわけ、ないじゃないですか」

自分のアレを古閑が呑んだと思うと、幸希は恥ずかしさに泣きたくなった。

「古閑さんも関谷さんも……。僕には、信じられません！」

「キスした時に、唾液を呑むのと一緒だ。それに、そんなに不味《まず》くなかったし」

にやりと笑うと、古閑が幸希の陰茎を再び握った。

「……また、呑ませてくれるよな」

いたずらっこのような表情で、古閑が幸希の面前に顔を近づける。

「駄目です。もう……駄目……」

「知ってるか？　ベッドでの駄目と嫌は、もっとして、という意味になるんだ」

甘い囁きに幸希が絶句し、涙目になると、古閑が肩をすくめて苦笑した。

「冗談だ。幸希は困った顔もかわいいから……つい、からかってしまった。それよりは、まだ見たことのない、最高にかわいい顔を見るべきだな」

陰茎に触れていた古閑の指が、袋、そして平らな部分に至り、そして襞で止まった。

くるりとそこで円を描かれ、幸希が小さく声をあげる。

それだけで、下肢が脱力した。いかがわしい道具を挿れられた時より、わずかに古閑に触れられただけで、ずっと、感じた。

「古閑さぁん……」

幸希が涙声で呼びかけると、古閑が幸希の唇に、音をたててキスをした。

「そろそろ挿れられそうだ。……待たせたな」

あぁ……、ようやく、ようやく……古閑さんに挿れてもらえる……。

古閑がいったん幸希から離れてベッドをおりた。戻ってきた古閑は、ローションと避妊具を手にしていた。

「ちょっと待ってろよ。風呂に入ってないし、病気になったら台無しだ」

古閑が避妊具を慣れた手つきで装着すると、幸希をうつぶせにし、腰を掴んだ。

腰に古閑が触れるだけで、甘く切ない吐息が唇から漏れる。腰を掲げられ、双丘にローションが垂らされると、期待に股間が脈打ちはじめた。

早くほしい。古閑さんが、ほしい……。

「痛かったら、言えよ」

そう古閑の声がしたかと思うと、襞に、硬いものが押し当てられる。

古閑は、幸希を傷つけないようにか、ゆっくりと楔を進めてくる。

襞がいっぱいまで広がる。肉壁がこじ開けられる。

待ちに待ったご馳走に、肉筒が歓喜にうねりながら切っ先を受け入れた。

「あ……いい……。もっと、もっと……奥まで、早く……」

やっぱり、僕は、宇都宮さんが言った通り、おかしい体なんだ。古閑さんに挿れられて、こんなに気持ちいいなんて。

でも、それのどこが悪い？　僕がおかしくても、誰にも、迷惑かけていない。

シーツに爪《つめ》を立てながら、幸希が心の中でつぶやいた。

「あぁ……。いい……」

「俺も、すごく気持ちいい。幸希の中は、最高だな」

その言葉が真実と示すように、幸希の中で古閑が大きくなった。

膨らんだ陰茎が粘膜に密着して、古閑の熱が伝わってくる。

気持ちいい。それに、嬉しい。古閑さんが、僕で気持ち良くなってくれて。

「幸せだなぁ……」と、幸希がつぶやくのと、古閑が楔を奥まで入れるのは同時だった。

「俺も、幸せだよ」

古閑が幸希の腹部に手を回し、幸希を抱いたままベッドに座る。

幸希は古閑の太腿に腰をおろし、逞《たくま》しい胸に背中を預けた。

「何度も幸希を拒んで、すまなかった。幸希をたくさん、傷つけてしまったな」

幸希の太腿を撫でながら、古閑が幸希の耳元で囁く。

「もう……いいです。もう……。今、古閑さんとこうしてるんですから」

「幸希は優しいな。……ありがとう」

古閑の唇が耳元からうなじに移動して、白くなめらかな肌を吸いあげる。

脚のつけ根を辿っていた指が、平らな部分をくすぐるように撫ではじめた。

古閑は左手で幸希の乳首を摘んでは撫で、右手では股間をいじっている。

触り方が絶妙なのか、性器に近い部分だからなのか、乳首も愛撫されているからか、幸希のそこに、一度散った血液が、瞬く間に集まりはじめる。

「はぁ……、あ、あぁ……」

「また、勃ってきたな。……こういうのは、どうだ？」

ローションの瓶を傾けて、古閑が幸希の竿に粘液を注いだ。淡いピンクのローションを幸希の竿に塗り込こんでゆく。

「あっ、これ……すごい…………っ」

「やっぱり、幸希はローションを使ったことはなかったか。こういうのも、いいだろう？」

「古閑さんは、……っ、物知りなんですね……」

「それなりに経験があるからな。これから、俺が知ってるすべてを、教えてやろう」

古閑が幸希の陰茎を握り、上下にスライドさせる。

それだけで、幸希の背筋がぞくぞくと震え、期待に胸が高まった。

すると、幸希の期待に応えるように、古閑が再び乳首に手をやった。ローションで濡れた指での愛撫は、くっきりとした快感を生んだ。

「……あ、こっちも……すごっ……。んん……っ」

「幸希は感じやすいな。さっきよりずっと、中が……熱い」

古閑が、するりと襞を撫でる。

後孔への刺激に、柔らかな粘膜がひくつき、肉棒に絡みついた。

「っと……これは……。たまらんな」

幸希に締めつけられて、中で、陰茎が膨らみを増した。

粘膜と楔が密着し、伝わる熱と感触に、今度は幸希が声をあげる。

「あ、ん……っ。古閑さんのが……また、大きくなって…………それに硬い……っ」

幸希が快感に腰をくねらせる。

そこへ、古閑が両手を幸希の胸元に置き、ゆっくりと揉《も》みはじめた。

人さし指と中指が、乳首を挟んでいる。古閑が手を動かすたび、そこから甘い痺れが生じて、股間が疼いた。

「あぁ……や……っ。ん…………っ」

古閑の手の動きに反応して、幸希の腰が上下する。

すごい、気持ちいい……。古関さんって、こういうのも、上手なんだ……。

絶え間なく刺激され、注がれ続ける快感に、幸希の思考が蕩けてゆく。

古関から与えられる快楽は、とにかく甘く心地良い。

幸希は、初めてにもかかわらず、古関との行為にどっぷり溺《おぼ》れた。

ローションに濡れた手で、乳首だけではなく、脇や下腹部、内腿を撫でられると、体の芯から熱くなった。

「あ、いい。そこも……あっ」

うわごとのように言いながら、幸希が体を捩り、古関の唇に唇を押し当てる。

幸希の無言のおねだりに、古関がすぐに応じた。

半開きになった唇を吸い、そして、幸希の舌を舌で撫でる。

幸希の口の中に唾液が溜まり、古関のそれと混ざり合う。口の中でいっぱいになったそれを嚥下《えんか》すると、胸が甘やかなもので満たされ、体が昂ぶった。

「……じゃあ、そろそろ、次の段階に行くか」

「次……？」

舌っ足らずな口調で尋ねると、古関が困ったような笑顔になった。

「俺が、そろそろ限界なんだ。挿れるだけじゃなくて、今度は抜きさし……動くけど、幸希は大丈夫か？」

古関が左手で筒を作り、右手の人さし指を入れて前後に動かす。

卑猥な仕草に、幸希はこれから古関が何をするか、即座に理解した。

「僕は、どうすればいいですか？」

「何もしなくていい。……いずれ慣れたら、動いてもらうことになるかもな」

いずれ、……って……ことは、次もあるんだ。今日だけじゃなくて、古関さんは、また、僕と気持ちいいことをしてくれるんだ。

古関の考える未来に、自分がいるとわかって、幸希は無性に幸せになった。

幸希という名前にふさわしい、希望と幸せを手にしていると、実感した。

「次は、僕が古関さんを気持ち良くする番にしてください。約束ですよ」

幸希が古関の右手を両手で握り、そして、小指を古関の小指に絡めた。

そうして、古関がいったん幸希から陰茎を抜いた。

改めて幸希をあおむけに寝かせると、幸希の脚を両脇に抱え腰を浮かせた。

赤らんだ蕾に先端が当たる。一度は空になった肉壺を男根で満たされる快感に、幸希がのけぞった。

「古関さん……。いい……。いい、気持ちいいです……」

幸希の全身は汗ばみ、白い肌は薄紅に染まっている。無防備な表情を浮かべ、潤んだ瞳は古関だけを見ていた。

艶《あで》やかな幸希の姿に、古関がたまらないという表情で抜きさしをはじめる。

「あぁ……幸希の中は、気持ちいいな……」

「僕も……気持ちいい……あぁ……ん……っ」

熱を帯びた粘膜を古関の陰茎に擦られて、そこがもっと熱くなる。

肉筒で快感を覚えると、それが、性器に谺《こだま》する。

幸希の茎はすっかり昂ぶり、屹立《きつりつ》し、どくどくと脈打った。

「痛くないようだな。じゃあ、これはどうだ？」

古関が半ばまで納めた男根で、幸希の中をゆっくりとかき回しはじめた。探るような動きは、幸希を気遣ってのものだ。

古関さんは、こんな時でも、優しい。そんな古関さんが、僕は、大好きだ。

「好き。……古関さんが、大好き。……あっ」

幸希が想いを口にした時、古関の先端が前立腺《ぜんりつせん》を掠めた。

肉に潜んだしこりから、快感が全身に広がり、肌が粟立つ。

のけぞり、そしてシーツに爪を立てる幸希の姿に、古関が嬉しげな顔をした。

それから古関は、切っ先で浅く突き、円を描き、擦りながら抜きさしをした。

突かれれば幸希の腰が跳ね、円を描かれると腰が淫《みだ》らに揺らめき、抜きさしされると、あえぎ声が止まらなくなった。

「あ、あぁ……。っ、んっ……んっ」

血液が、熱が、股間に集まる。赤く熟した亀頭は淫靡に濡れていた。

それでも、快感は射精には足りず、幸希は古閑の背中に両脚を回していた。

我を忘れた幸希の、貪欲《どんよく》に快感を求める仕草に、古閑の男根が怒張を増す。

「そんなに俺が好きか」

「好き。大好き」

答える幸希のいとけない声に、古閑が抜きさしを速めた。

愛しくて、かわいい。だからほしい。貪《むさぼ》らずにはいられない。

その想いをストレートに古閑は幸希に向けている。

「あっ。古閑さ……っ。あ、あぁ……っ」

古閑が楔を叩きつけるたび、肉のぶつかる音がした。

息つく間もなく、激しく体が揺さぶられる。襞が擦れて、熱くなる。

「っ……、あっ……はぁ……んっ」

後孔から生じる快感に、幸希の目から涙が溢れた。

いい。すごく、いい。気持ちいい……。

くり返し穿たれる楔に、幸希は悶えるように身を捩る。

股間に集まった血と熱が、激しく貫かれた時、限界を超えた。屹立した肉棒が、脈打ち

ながら精を吐き出す。

「あぁ……っ。ん……っ」

白濁を出すたび、無意識に後孔が締まる。

射精しても、幸希の欲望はおさまらない。熱で蕩けた肉壁がさらなる快楽を求める。

「古閑さん、もっと……もっと……」

「わかった。だが、その前に、一度、イくぞ」

余裕のない声で言うと、古閑の腰遣いが速まった。

速いのに、力強い。奥の奥まで、幸希を貫かんばかりの勢いだ。

こんな……こんな奥まで……。

「あぁ……。すごい……あぁ……」

うわごとのようにつぶやく幸希の目から、また一筋、快楽の涙が流れ頰を伝う。

古閑が、幸希の最奥に、力強く肉棒を叩きつける。

「くっ。……ん、……っ……」

古閑が、くぐもった声をあげながら、動きを止めた。

あぁ、古閑さんが、イったんだ……。僕の中で……。これで、本当に、僕たちは両思いになれたんだ。

そう実感した瞬間、幸希の全身を歓喜が染め抜いた。

汗で濡れた髪をかきあげ、古閑が幸希に覆い被さる。

そうして、濡れて赤く染まった唇に口づけする。触れるだけのキスをした古閑に、幸希が両腕を回して、しっかと抱きついた。

「古閑さん……。古閑さん、大好き」

「おまえは、本当に、俺が好きなんだなぁ……。好きになってくれて、ありがとう」

まるで、幸希の愛情が目で見えるかのような古閑の言葉だった。

古閑さんは、オーラが見えるんだっけ。じゃあ、僕がどれだけ古閑さんを好きかも、目で確かめられるんだ。

僕は、幸せだ。僕のすべてを――まるごと全部――理解して、好きになってくれる人と出会えて、結ばれたんだから。

幸希が心の底から、自分の幸福を実感する。

満足の吐息を吐いた幸希の唇を、古閑の唇が優しく覆っていた。


ふたりが恋人同士となって二ヶ月が過ぎ、九月に入った。

幸希は、相変わらず表参道店で働いていて、仕事にも慣れてきた。

用もないのに表参道店に行きたがる古閑を、そのつど、関谷が説教をして思いとどまらせ、二週に一度の訪問に落ち着いている。

七月の休日、幸希は父の家に遊びに行き、面映《おもは》ゆいながらも、楽しい時間を過ごす。同じ頃に、幸希は古閑の家に引っ越して、同棲《どうせい》がはじまった。

八月のお盆前の休みに、幸希は祖父の正道に面会に行った。

正道は、幸希の元気そうな姿に喜んでいた。

「なるべく、月に一度は面会に来るね。七月から九月までは、夏休み以外は、週に一度しか休みがないから、毎週はちょっとキツくて……ごめんなさい」

「おまえには、おまえのつきあいがあるだろう。俺のことは気にするな。若いんだから、もっと人生を楽しむといい」

「うん。ありがとう、お祖父ちゃん。次は、九月——夏休みを貰えるから——、その時に来るね。敬老の日のプレゼントを持ってくるから、楽しみにしてて」

最後に、小さな仏壇——祖母の位牌《いはい》——に手を合わせて、幸希はケアハウスを去った。

そして、九月となり、敬老の日を含んだまるまる一週間が、幸希の夏休みだ。

古閑は通常勤務であるが、土日以外に二日間の休みをもぎとっていた。

夏休み前日、早番のシフトが終わると、幸希は自宅にダッシュで帰る。

定時前にもかかわらず、古閑は私服姿で、マンションのロビーで幸希を出迎えた。

さりげなく古閑が幸希のバッグに手を伸ばし、そしてスマートにエレベーターに誘《いざな》う。

「本社は六時が定時ですよね？　まだ五時前なのに、お仕事はどうしたんですか？」

「出先から直帰した。今日は特別だからと、関谷が手配してくれたんだ。その関谷だが、困った……というか、面白いことになってるんだ」

「困ったのに、面白いこと？　いったい、どうしたんですか？」

「その前に宇都宮の話をしなきゃいけない。……あいつは、営業から閑職に異動になった。そうしたら、嫁が『出世コースから外れるなんて話が違う』と、離婚を言い渡したそうだ。あちらには、凄腕《すごうで》の弁護士がついて、宇都宮は共有財産をすべてぶんどられた上、会社を辞めて、退職金まで慰謝料として差し出すハメになった、と」

「……それは…………」

　宇都宮にされたことを、幸希はまだ許せてはいない。かといって、宇都宮が置かれた状況にざまぁみろとも思えない。

　あの後、宇都宮からは、一度だけ、メールが届いていた。

『すまなかった』とだけ表示された画面に、幸希は、なんともいえない気分になった。

「それで、先週だったか、宇都宮が嫁との離婚届けを出す時に、関谷も呼び出されたんだそうだ。関谷は文句を言いつつ、宇都宮に会いに行った。そこで、なんと、宇都宮にキスされて、高校の時から、ずっと好きだったと告白されたらしい」

　予想外の展開に、幸希が目を丸くする。

「それは……関谷さんも困りましたねぇ………」

「思えば、そうかもと思う行動を、昔から宇都宮はとってたんだよ。あいつが俺に声をかけるようになったのは、関谷とつるむようになってからだし。大学の時は、関谷の好きな女を横取りしたし。幸希にあんなことしたのも、本当は、関谷を取られたくなかったからかもなぁ……。あいつの大嫌いは、大好きの裏返しだったわけだ。まったく、とんでもない天邪鬼《あまのじゃく》の大馬鹿者だ」

「それで、どうなったんですか？」

「おまえは絶交中の友人だから、と関谷は答えたそうなんだが……。宇都宮は実家からも勘当されて住むところもないからと、関谷は、幸希が住んでたマンションに、宇都宮を置いてやってるそうだ。なんでも、あのお洒落だった男が、無精髭《ぶしょうひげ》を生やしたまま、ぼーっとして、寝てばかりいるらしい。それで、見かねた関谷はマンションに日参して、宇都宮の世話を焼いている。……いずれ、あいつら、つきあうのかもしれないな」

「そうしたら、古関さんは、どうします？」

「複雑な気分ではあるが、祝福するさ。関谷が、俺たちに、そうしてくれたように」

「……僕も、そうしたいです」

関谷さんには、幸せになってほしい。その相手が宇都宮さんっていうのは……ちょっと、複雑な気分だけど……。

そんな話をするうちに、古閑の部屋に到着した。

「さて、今から、お茶の支度をするから、ソファで座って待っててくれ」

「お茶なら、僕が煎《い》れます」

「じゃあ、ふたりで用意しよう」

ふたりは、なかよくキッチンに向かった。

幸希は、自分用に温かい紅茶を、古閑のためにコーヒーの用意をする。

その間、古閑は小皿とフォークを用意して、ダイニングテーブルに並べていた。

「明日の予定だが、俺は仕事だが、幸希は、お祖父さんのところへ面会に行くんだったな？」

キッチンに戻ってきた古閑がそう話しかける。

「午前中に敬老の日のプレゼントを買ってから、ですけど」

「俺からも幸希のお祖父さんにプレゼントをしたい。仕事が終わったら迎えに行くから、夕食は、三人で短角牛のステーキを食いに行こう」

「あの約束、覚えてたんですか……？」

「当たり前だ。あの時は……いろいろあってうやむやになったが、幸希との約束は、全部覚えてるし、果たすつもりだ」

「きっと、お祖父ちゃんも喜びます」

「実は、俺も楽しみなんだ。敬老の日を誰かと祝うなんて、初めてだから」

そう語る古閑は、心の底から、初めての体験を楽しみにしているように見える。

コーヒーと紅茶の用意ができて、幸希がダイニングに戻った。

ダイニングテーブルの茶請けを見た瞬間、幸希の口から歓声があがった。

「綺麗！　これ、このお菓子……。僕が、江ノ島で言った、あのお菓子ですよね」

白い皿には、薄ピンクのバラの形のロクムがふたつ、品良く乗っていた。

粉砂糖も淡いピンクで、中心に、花弁に見立てた金箔《きんぱく》がちょこんと飾ってある。上品で愛らしく、食べるのがもったいないほどだ。

「これ、完成したんですね」

「年末商戦には間に合った。俺と幸希の、記念のデザートだよ」

古閑の隣に幸希が座り、いそいそとフォークを手にしてロクムを口元に運んだ。

バラの香りが、ほんのりと鼻先に漂う。芳香を楽しみながら、口の中に入れると、独特の甘さが広がった。

甘い。……だけど、くどくない。爽《さわ》やかな酸味。……これは、アセロラかな？

「美味しいです。もしかして、アセロラが入ってますか？」

「ご名答！　やっぱり、幸希は舌がいい」

「アセロラってビタミンCがたっぷりですし、女の人が喜びそうですね。……このお菓子って、バラの形と匂いがして、甘くて、まるで幸せを食べてるみたいです」

「幸せを食べる……。いいね、そのコピー、いただくぞ」

古関がロクムを口に放り込み、スマホを手にした。

楽しそうにスマホに入力する古関の姿に、幸希が微笑する。

僕は、なんて幸せなんだろう。

温かな紅茶を口元に運びながら、幸希が心の中でひとりごちる。

そうして、古関に寄りかかり、ほんのわずかだけ体重を預けた。

伝わる温もりの心地良さに、幸希がうっとりと目を閉じる。すぐに、幸希の肩に腕が回され、バラの香りが鼻先を掠めた。

唇に、古関の唇が降りてくる。柔らかな口づけは、バラの菓子よりもなお甘く、幸希を夢中にさせたのだった。

スイーツ王のデリシャスにゃんこ

「幸希《こうき》がエッチな子だったっていうのは、嬉《うれ》しい予想外だったなぁ」

恋人同士になった次の日、朝食の席で言われて、恥ずかしすぎて泣きたくなった。

違います。昨日は、薬のせいでおかしくなっていたんです。

なんて言えるはずもなく、うつむいた僕の胸元に、古閑《こが》さんの手が伸びる。

借り物のシャツの上から突起を探り当てると、古閑さんが嬉しそうに笑った。

「あ、古閑さ……っ」

昨晩、数えられないくらい撫《な》でられ、摘《つま》まれ、舐《な》められた場所が気持ちいいと訴える。

尖《とが》ったそこを、指の腹で撫でられると、それだけで息があがった。

「あ、あぁ……」

すかさず唇がおりてきて、僕の口を塞《ふさ》ぐ。息を絡めとられると、体から力が抜けた。

古閑さんが、僕の味を確かめるように唇をゆるく噛《か》み、そして舌で舐める。それから、熱い舌が口の中に入ってきた。

古閑さんの舌は、蜂蜜《はちみつ》の味がした。朝食のトーストにかかっていた、アカシアの蜜。明るい黄金色《こがねいろ》の蜂蜜は、軽やかな甘みが美味《おい》しくて、古閑さんの舌もやっぱり、美味しい。蕩《とろ》けるような甘い口づけに、頭がぼうっとしてきた。気がついたら、シャツのボタンが全部外れていて、素肌に熱い手が触れていた。

「古閑さん？」

まさか、するの？　朝なのに？　そりゃあ、今日は土曜日でお休みだけど、でも、そういうことは夜にするもの……だよね？

瞬《まばた》きして古閑さんを見返すと、古閑さんが困ったような、でも愛《いと》しさに溢《あふ》れた目を向けてきた。

「幸希……いいね？」

いいねって、何がいいんだろう？　わからないまま聞き返せずにいると、古閑さんが僕の上半身を倒して、テーブルに横たわらせた。

「幸希としたキスがすごく旨《うま》かったから、もうちょっと味わいたい」

そう答える古閑さんの手には、蜂蜜の瓶があった。広口瓶が傾くと、ねっとりした液体が僕の胸元——乳首——に注がれた。

「え……？」

驚いて目を丸くするうちに、古閑さんが僕の胸元に顔を寄せる。

布の上からの愛撫《あいぶ》に硬くなった粒を下から上へと舐めあげた。

「んっ……っ」

柔らかく濡《ぬ》れた肉の愛撫が気持ちいい。

昨晩、古閑さんによって慈しまれた体は、すぐに火が点《つ》き、股間《こかん》が落ち着かなくなってしまう。

古閑さん、ここで、するつもりなのかな。でも、ここはダイニングで……まだ、食器も片付けてないのに？

「古閑さん、ダメです。食器が……それに、まだ、朝ですよ。…………あぁっ」

おもむろに、古閑さんが僕の乳首を噛んだ。甘噛みというには強いその刺激に、なぜか体の芯《しん》がゾクゾクする。

「あ、やぁ……。ダメ、です……。ん、あ、そこはっ……っ」

感じながらも言葉で抵抗すると、古閑さんは僕の股間に手をやった。ウエストが紐《ひも》のハーフパンツの上から、やわやわと握られて、みるみるうちに全身が熱く火照《ほて》る。

「あぁ……幸希は、本当に声もかわいい。それに、蜂蜜でデコレーションされた乳首も、天上の美味だよ」

唾液《だえき》ですっかり濡れて、ふやけた肌に古閑さんの吐息が吹きかかる。そんなことさえ気持ち良い。でも、朝だし、ご飯を食べるテーブルの上でだなんて……それに食べ物をこんなことに使うなんて、行儀が悪い。

してはいけない時に、してはいけない場所で、してはいけないことをする。

頭ではダメだとわかっているのに、体は興奮している。まるで、昨日、あの薬を盛られた時のように、体の内側から熱くなって、たまらない。

古閑さんが股間に添えた手を離し、ハーフパンツと下着をおろしてしまう。

「……っ」

股間に外気が触れて、陰茎が弾んだ。昨日、たくさん出したせいで、僕は空っぽだというのに、古閑さんはそこを手で握った。

「どうせなら、ここも……うん、そうしよう」

不穏な声がしたかと思うと、古閑さんがヨーグルトの入った容器を股間の上で傾けた。白いどろどろのソレが、勃《た》ちかけた竿《さお》を伝う。

「食べ物を、そんなふうにしたら、罰が当たります」

「もちろん、食べ物を粗末になんてしない。残らず舐める」

残らず舐める……。舐めるって……ここを？

戸惑う間にも、古閑さんは竿を指先で支えると、根元から先端に向けて舐めあげた。

「ふぁ、あぁあ……っ。ダメ、ダメ。それは、……ダメっ」

テーブルの上で、腰が跳ねる。

「ダメ。こんなとこで、嫌ぁ……」

こんな時なのに、体は、どうしようもなく昂《たか》ぶっていた。

古閑さんは、根元の周辺を丹念に舐めながら、裏筋を、指先で優しく擦《こす》っている。

先っぽに……まだ、ヨーグルトが残ってる。なんだか、そこがむず痒《がゆ》い。

「古関さん、先……先っぽ……舐めて、早く舐めて」

ぐいと下腹を突き出して、訴える。でも、古関さんは舐めてくれない。

「ヨーグルトには、やっぱり蜂蜜がないと物足りないなぁ……」

古関さんが、また広口の瓶を傾けた。黄金色の筋が伸び、先端を濡らす。

「んっ。古関さん、そこ……かけないで。むず痒くて、変な感じ……」

「ちょっと我慢できるか？　俺は、最高の美味を味わいたいんだ」

古関さんが、指で白濁と黄金をくるくると混ぜる。それだけのことで透明な雫《しずく》が溢れた。

「……駄目。……じゃ、ない。でも、舐めて。今、すぐ」

「もちろんだ。あぁ……なんて旨そうなんだろう」

たまらないという顔で目を細めると、古関さんがようやく口に含んでくれた。

むず痒さが消える安堵《あんど》の後に、くっきりとした快感が生じた。

湿ったいやらしい音をたてながら、古関さんが先端を吸いあげ、舌先でつつく。

そのひとつひとつに体が反応して、そこに血と熱が集まる。昂ぶった性器から、蜜が溢れて止まらない。

ひとしきり舐めしゃぶると、古関さんが顔をあげて、僕に向かって笑いかける。

「甘さの中のほのかな塩味が、絶品だった」

「塩……？」

「幸希の味だ。もう……我慢できない」

そう言うと、古閑さんがおもむろに僕の左足を持ち上げて肩に乗せた。陽光に、股間が——秘部が——晒《さら》される。

昨晩ずっと古閑さんが入っていたそこは、まだ、ほんのり熱くて……柔らかい。そこに古閑さんはいつの間にかいきり立っていた楔《くさび》を当てた。

「え？　あ、熱い……あ、ダメ……」

そこに古閑さんの質量を感じた途端、下半身から、力が、抜けた。

そうして僕は、その場で古閑さんに貪《むさぼ》り食われたのだった。


後日談。古閑さんはその後もジャムだのなんだのを僕に垂らしては舐めていたけれど、結局、最初のヨーグルトと蜂蜜が一番良かったらしくて、それが定番になった。

おかげで僕は、ヨーグルトや蜂蜜を見るだけで、変な気分になるようになってしまった。

文句のひとつも言ってやりたい気がしたけれど、嬉々《きき》として僕という美食を楽しむ古閑さんを見ていたら、まあいいかと思えた。

そして今日も古閑さんは、嬉しそうに蜂蜜を手にしている。それに笑顔で応《こた》えるのが、僕の、新しい——幸せな——日常なのだった。

あとがき

はじめまして、こんにちは。鹿能リコです。このたびは『スイーツ王の溺愛にゃんこ』をお手にとってくださいまして、本当にありがとうございました。

この話は、バトルも人死にもなく、ほんのり不思議（古閑がオーラが見えるから）な要素が加わりましたが、久しぶりの普通の現代社会が舞台の小説となります。

プロットの時に考えていたのは、「よし、玉の輿的な……薄幸な受をメインにしよう！　だったら名前は幸と……希望の希だ！　幸せと思えない子が、幸せだと実感する話がいい」という感じでした。

幸希のような健気で気弱なキャラクターをメインで書くのは初めてでしたので、内心ではドッキドキでしたが、なんとかここまでこぎつけられて、ほっとしています。

そうして、四苦八苦しつつ浮上したテーマが「メインの登場人物全員、幸せにする」でした。とはいえ関谷と宇都宮が幸せかどうかは微妙と思われるかもしれないです。

関谷は自分で決めた行動を、きちんととれたということで良かったと思いますし、宇都宮は、アレはアレで、全部リセットして、一からやり直したかったという無意識の願望があったという設定なので、ちゃんとできて良かったね、と思っています。

作中の、ほんのり不思議成分に関しては、元ネタありか実体験からです。実体験は、神社で参拝時に神様にご挨拶後に「ありがとう」と感謝をすると本殿から風が吹く、です。ふわっとした心地良い風が吹きますので、ご興味ある方はお試しください。

最後に、編集さまには、いつもお世話になっております。ありがとうございます。いろいろありましたが、それでも本になりました。本当にありがとうございます。

挿絵を描いてくださった小路先生も、ありがとうございました！　小路先生の受ひとり表紙という提案に、横っ面をぶん殴られたような衝撃を受けました。ひとり表紙は、漫画ではわりと見かけますけど、小説ではあまり見ないので、今まで考えたこともなかった自分が、いかに常識に囚われていたか、を、実感しました。勉強になりました。

そして、エロっぽくもかわいい幸希をありがとうございます。他のメイン三人もかっこよかったです。本当にありがとうございました。

そして、ここまで読んでくださったすべての方に感謝を！　今回の本は幸せがテーマでしたので、みなさまが幸せになりますよう、心からお祈りいたします。

鹿能リコ

本作品は書き下ろしです。

ラルーナ文庫

この本を読んでのご意見・ご感想・ファンレターなどお待ちしております。〒111−0036 東京都台東区松が谷1−4−6−303 株式会社シーラボ「ラルーナ文庫編集部」気付でお送りください。

スイーツ王《おう》の溺《でき》愛《あい》にゃんこ

2018年10月7日 第1刷発行

著　　　者｜鹿能《かのう》 リコ
装丁・DTP｜萩原 七唱
発　行　人｜曺 仁警
発　行　所｜株式会社 シーラボ
〒111-0036　東京都台東区松が谷 1-4-6-303
電話　03-5830-3474／FAX　03-5830-3574
http://lalunabunko.com
発　　　売｜株式会社 三交社
〒110-0016　東京都台東区台東 4-20-9　大仙柴田ビル 2 階
電話　03-5826-4424／FAX　03-5826-4425
印刷・製本｜中央精版印刷株式会社

ISBN978-4-87919-966-9